LE COMPLEXE DE THÉOPHILE

OUVRAGES DE GEORGES DUHAMEL

RÉCITS, ROMANS, VOYAGES, ESSAIS

Vie des Martyrs, 1914-1916. — Civilisation, 1914-1917. — La Possession du Monde. — Entretiens dans le Tumulte. — Les Hommes abandonnés. — Le Prince Jaffar. — La Pierre d'Horeb. — Lettres au Patagon. — Le Voyage de Moscou. — La Nuit d'Orage. — Les sept dernières plaies. — Scènes de la vie future. — Les jumeaux de Vallangoujard. — Géographie cordiale de l'Europe. — Querelles de Famille. — Fables de mon Jardin. — Défense des Lettres. — Mémorial de la Guerre blanche. — Positions françaises. — Lieu d'Asile. — Souvenirs de la Vie du Paradis. — Consultation aux Pays d'Islam. — Tribulations de l'Espérance. — Le Bestiaire et l'Herbier. — Paroles de Médecin. — Chronique des Saisons amères. — Semailles au Vent. — Le Voyage de Patrice Périot. — Cri des Profondeurs. — Manuel du Protestataire. — Le Japon entre la tradition et l'avenir. — Les voyageurs de l'Espérance. — La Turquie nouvelle. — Refuges de la Lecture. — L'Archange de l'aventure. — Les compagnons de l'Apocalypse. — Israël, clef de l'Orient. — Problèmes de l'heure.

VIE ET AVENTURES DE SALAVIN

I. Confession de minuit. — II. Deux Hommes. — III. Journal de Salavin. — IV. Le Club des Lyonnais. — V. Tel qu'en lui-même...

CHRONIQUE DES PASQUIER

I. Le Notaire du Havre. — II. Le Jardin des Bêtes sauvages. — III. Vue de la Terre promise. — IV. La Nuit de la Saint-Jean. — V. Le Désert de Bièvres. — VI. Les Maîtres. — VII. Cécile parmi nous. — VIII. Le Combat contre les Ombres. — IX. Suzanne et les jeunes hommes. — X. La Passion de Joseph Pasquier.

LUMIÈRES SUR MA VIE

I. Inventaire de l'Abîme. — II. Biographie de mes Fantômes. — III. Le Temps de la Recherche. — IV. La Pesée des Ames. — V. Les Espoirs et les Epreuves.

CRITIQUE

Les Poètes et la Poésie. — Paul Claudel, suivi de Propos critiques. — Remarques sur les Mémoires imaginaires. — Les Confessions sans Pénitence.

THÉATRE

La Lumière. — Le Combat. — Dans l'Ombre des Statues. L'Œuvre des Athlètes. — La Journée des Aveux.

POÉSIE

Compagnons. — Elégies.

GEORGES DUHAMEL
de l'Académie Française

LE COMPLEXE DE THÉOPHILE

roman

PARIS
MERCVRE DE FRANCE
MCMLVIII

IL A ÉTÉ TIRÉ SUR VÉLIN PUR FIL LAFUMA CENT VINGT-CINQ EXEMPLAIRES NUMÉROTÉS DE 1 A 125. IL A ÉTÉ TIRÉ EN OUTRE SUR LE MÊME PAPIER CINQUANTE EXEMPLAIRES HORS COMMERCE DONT TRENTE - HUIT NUMÉROTÉS DE HC 1 A HC 38 ET DOUZE NUMÉROTÉS DE MF 1 A MF 12.
CES CENT SOIXANTE-QUINZE EXEMPLAIRES CONSTITUENT L'ÉDITION ORIGINALE.

© *Copyright 1958, by Mercure de France*

Chapitre premier

Mon entretien avec Théophile Chédevièle, ce jour-là, commença, ce qui n'était pas pour m'étonner, par de captivantes généralités philosophiques, mêlées de descriptions fantaisistes.

— J'ai failli perdre la foi de ma mère, me dit-il, dans des conditions paradoxales et qui me sont encore incompréhensibles. J'étais allé à Rome, pour ma Compagnie, naturellement. Il s'agissait de mettre au point un problème de carburants, enfin quelque chose de bassement matériel. Je m'étais tiré très vite de ces difficultés, qui n'étaient pas de véritables difficultés.

Moi, j'aime la difficulté, mais à condition qu'elle soit vraiment inattendue, piquante, lacérante, déchirante. Passons! J'avais deux jours devant moi, avant de quitter la ville sainte. J'attendais une signature, c'est-à-dire un bonhomme qui ne devait revenir à Rome que deux jours plus tard. Et c'est alors que je rencontre, en me promenant sur le pont du Tibre, un ancien camarade qui est attaché d'ambassade, ou consul, ou… je ne sais pas… Il me dit tout à crac : « Es-tu libre ? Oui ? Alors va mettre le smoking et monte à Saint-Pierre, avec moi. Une béatification, mon cher! Pour un spectacle, c'est un spectacle. Tribune diplomatique. Et toutes les dames en jupe longue et en mantille. Allons! houp! houp! »

Trois quarts d'heure plus tard, nous arrivions, le camarade et moi — attendez, c'est Trinballe de Valberlan qu'il s'appelle, mais c'est sans importance… — trois quarts d'heure après, nous arrivions à la porte de Saint-Pierre. Sur le côté. La porte réservée au corps diplomatique.

Comprenez ? Et nous sommes reçus par un officier vêtu comme un valet de cartes, mâtiné cuirassier de l'Empire. Une pièce du Musée de l'Armée. Quoi ! Moi, j'aimais les petites églises silencieuses. J'allais prier dans de vagues chapelles glacées, et, quand je sentais monter le rhume de cerveau, je comprenais que tout allait bien, que j'avais payé ma part, que l'Être suprême acceptait de m'écouter. Mais revenons à Saint-Pierre. Quelle foule ! Quel spectacle ! Quel tumulte ou, pour mieux dire, quel boucan ! Oh ! la société, tout autour de moi, était élégante et parfumée. Mais pour celui qui voulait loyalement prier, il n'avait plus qu'à fermer le bec et à ravaler son couplet. Fait rien ! J'attendais l'entrée du Saint-Père et, naturellement, les trompettes célèbres. Alors voilà que des milliers et des milliers de gorges se mettent à hurler, dans toutes les langues du globe : « Vive le pape ! » Et je vois apparaître la chaise à porteurs. Oh ! le spectacle était remarquable et le Saint-Père jouait bien son rôle difficile. J'allais peut-être me laisser emporter sur la vague du charivari, quand les fameuses trompettes ont éclaté sous les voûtes. Quelle chute! Quel effondrement! Un air de cirque, mon cher, un air pareil à ceux que l'on joue pour annoncer les acrobates. J'ai senti comme une aiguille glacée qui me traversait le cœur. La fin de la cérémonie? Je n'en ai pas le moindre souvenir. Ma blessure saignait. Elle n'a pas cessé de saigner. En sortant de la foule, deux heures plus tard, je suis parti, tout seul, à pied, sans trop perdre de temps à m'excuser. Je cherchais une petite église, une église vraie, pauvre et misérable à souhait. J'en ai trouvé une, près du Panthéon. J'y suis resté deux heures, peut-être, jusqu'à ce que le sacristain me priât de sortir. Quelle douleur! J'avais adjuré Dieu de m'entendre. Mais je n'avais pas reçu la moindre réponse. Depuis... Oh! depuis...

Ici, Théophile Chédevièle prit le temps de tirer un fil qui sortait de sa veste, juste sur le revers, ce qui le fit loucher;

puis il murmura, hochant la tête à petits coups :

— Mon confesseur m'affirme que je ne suis pas un bon croyant. Possible. Mais l'idée du néant m'est intolérable. J'aime mieux l'enfer que le néant. Alors j'irai en enfer. Oh! Si! Si! je sais ce que je dis. Je me connais. J'irai en enfer. Avez-vous du feu? Oh! je veux dire une allumette. Rien de commun avec l'autre feu, celui de... enfin n'en parlons plus, n'en parlons plus. J'ai connu un type qui avait solennellement renoncé au tabac, à La Havane, vous m'entendez? Dans le paradis du tabac! Eh bien moi, j'en suis à croire que c'est à Rome, exactement, que j'ai failli perdre la foi de ma mère. Je dis : de ma mère, parce que, pour ce qui est de papa... Mais, attendez! J'ai failli perdre la foi de mère, mais je n'ai pas perdu ma foi personnelle. J'attends toujours le signe, le signe que Dieu me fera peut-être, le signe du pardon et du ralliement.

Ce séjour à Rome a quand même été, pour moi, le commencement d'une aventure, d'une grande et bouleversante aventure. J'ai fait ma vie, ma vie entière, sur une seule pensée : tout, pour moi, devait être clair, évident, lumineux, limpide. Plus de détours, plus de mensonges! Vous le savez bien, un seul mensonge, une seule erreur, et des centaines de mensonges ou d'erreurs découlent naturellement de ce mauvais début. Franchise et netteté, voilà ce dont je rêvais, quand j'étais jeune, quand j'étais innocent. Mais depuis, depuis...

Théophile Chédevièle fronça les sourcils. Sa lèvre inférieure se prit à trembler et il parut s'enfoncer pendant quelques instants dans une rêverie douloureuse.

— On ne vit pas seul, murmura-t-il enfin d'une voix tremblante. Je me suis trouvé engagé, par des hommes que je croyais loyaux, dans des aventures dont la seule pensée me fait trembler de douleur. On ne vit pas seul et on comprend trop tard les fautes auxquelles on se trouve associé.

Associé! Vous m'entendez bien. Ce

ne sont pas des fautes que l'on aurait jamais commises de son propre mouvement, ce ne sont pas des crimes qu'un homme honnête, qu'un homme loyal pourrait lui-même imaginer. Non! Je veux parler ici de certains forfaits auxquels on s'aperçoit tout à coup que l'on a prêté la main sans le savoir, vous m'entendez bien, sans en avoir la moindre conscience, jusqu'au jour où la lumière se fait, jusqu'au jour où, soudainement conscient, on mesure les conséquences de son aveuglement, j'allais dire de sa sottise... J'hésite à prononcer le mot, non par orgueil, mais par souci de propriété des termes, par scrupule.

A vrai dire, je suis et j'ai toujours été un scrupuleux. Si j'avais eu l'occasion de rencontrer... Comment l'appelez-vous? Fried, Frond? Je ne me rappelle jamais son nom. Vous savez qui je veux dire : l'estimable maboule, l'homme des « complexes », eh bien! je suis sûr qu'après une étude sérieuse, naturellement, et poursuivie en plein accord avec moi, bien inutile de le dire, il aurait décrit un complexe de Chédevièle... Je n'aurais d'ailleurs, pour rien au monde, accepté de laisser coller mon nom sur cette maladie. J'aurais peut-être accepté le principe d'un complexe de Théophile. Oh! rien à voir avec le complexe d'Œdipe ou le complexe de Jocaste. Rien à voir non plus avec le complexe d'infériorité. Imaginez le complexe du scrupule.

Je suis, essentiellement, un homme scrupuleux, oui, scrupuleux au point d'en être malade. Loyalement, je pourrais ajouter : au point d'en rendre malades certaines personnes avec lesquelles je suis en relations, avec lesquelles je travaille. Un de mes anciens patrons, avec lequel il m'arrivait de débattre certaines affaires difficiles, m'a dit un jour : « Le scrupule, si vous continuez, fera de vous un fléau, pour les gens qui vous entourent, tout au moins. » Cette observation m'a plongé dans de longues et douloureuses rêveries. J'ai fait de grands efforts pour ne plus manifester mes scrupules naturels, devant cet homme surtout Et, comme on oublie vite, comme le personnage en question ne se rappelait pas ses propres paroles, un jour que je lui proposais une affaire quelque peu délicate, il m'a regardé de travers et m'a dit, les lèvres serrées : « Vous êtes un homme sans scrupule... » Allez donc vous retrouver, dans ces lamentables fariboles.

Le même bonhomme, vers la fin de nos relations, a osé me dire, à moi, vous imaginez la chose, à moi ! « A votre place, j'aurais peur d'être considéré comme un de ces imaginatifs qui n'ont peur de rien. » Une chose pareille, à moi, le prototype du complexe de Théophile ! Je déteste ces gens qui disent, vingt fois l'heure : « A votre place... » Ces gens qui ont le toupet de commencer leurs phrases de cette façon : « Je ne serais que vous... » ou même « Si j'étais que de vous... » Voyez-vous ce français-là ! Au reste, je dis que je déteste ces gens. J'exagère. Je ne déteste vraiment personne. C'est fatigant de détester. Et puis, les gaillards que je pourrais détester, j'imagine très facilement, trop facilement, que je suis à leur place et que je pourrais parler comme eux, penser comme eux. Vous le voyez, nous sommes en plein complexe de Théophile.

Non! je ne vous raconterai pas aujourd'hui l'histoire qui me tourmente. Je ne vous la raconterai peut-être jamais. Aussi bien n'ai-je pas tout dit en ce qui concerne mon complexe. Je ne vous dirai jamais tout. Vous auriez peine à me croire et j'éprouve quelque scrupule à l'idée de vous ennuyer, de vous être insupportable. Je suis célibataire, mais je ne vis pas seul : ma sœur aînée, Béatrice, qui est célibataire aussi, vit non pas avec moi, ce serait beaucoup dire, — j'aime trop ma liberté, — mais dans un logement voisin. Elle a la grande bonté de s'occuper de mes affaires matérielles. Et je me demande si c'est vraiment une bonté. S'il me fallait balayer ma chambre et faire ma cuisine, je n'aurais probablement pas le temps de ruminer certaines choses extravagantes et ce n'en serait que meilleur au point de vue de mon équilibre.

Pensez un peu : notre intérieur est modeste, mais il n'est pas misérable, loin de là. J'ai toujours largement gagné ma vie. En outre, nos parents nous ont laissé quelque peu de biens : des valeurs habilement placées, des meubles, des tableaux, de belles pièces de porcelaine ou de cristal. A vrai dire, de ces derniers articles, le nombre décroît assez vite. Béatrice est soigneuse, mais elle est distraite et maladroite. La seule pensée qu'un jour ou l'autre elle finirait par casser le sucrier de Saxe, cette pensée m'a longtemps tourmenté. Je la connais, Béatrice ! J'étais sûr qu'elle casserait le sucrier de Saxe ; mais je ne voulais pas lui laisser cette faute à commettre ; je ne le voulais pas, vous comprenez, par affection, par charité. Alors, jeudi dernier, j'ai pris le sucrier, le vrai sucrier de nos parents, et je suis allé le casser moi-même, dans la poubelle.

J'en ai ressenti du calme, pendant une heure peut-être. Et puis, j'ai pensé qu'en m'engageant dans cette voie-là, je pourrais être amené à jeter dans la Seine mes deux chers neveux, les petits de ma sœur Emilienne, pour leur épargner une vie difficile.

Oui, oui, j'imagine ce que vous allez penser, ce que vous pouvez penser. Il est difficile de vivre, surtout quand on souffre du fameux complexe, du complexe de Théophile.

Chapitre deuxième

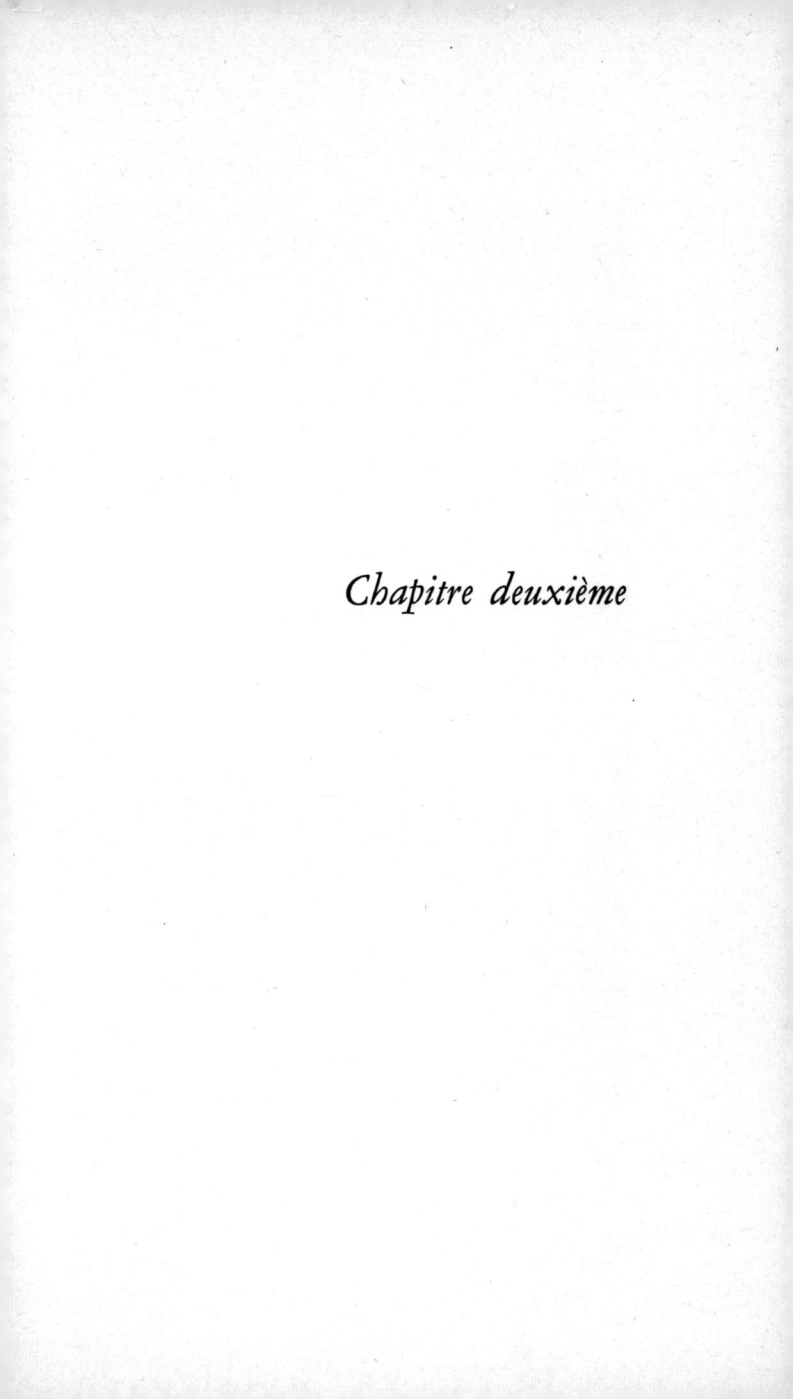

Vous m'écoutez bien, reprit après un moment de silence Théophile Chédevièle. Oui, vous m'écoutez avec beaucoup d'attention, et j'en suis à me demander si j'ai raison de vous raconter tout cela, si j'ai raison de m'abandonner à la confiance. Oh! notez qu'au regard de la stricte justice, je ne crains rien. Dans l'horrible affaire à laquelle je ne peux pas ne pas penser, en ce moment comme chaque heure de chaque jour, ma responsabilité juridique n'est certes pas directement en cause. Quant à ma responsabilité morale, je ne devrais même pas la considérer comme engagée dans l'aventure. J'ai fait pour le mieux. Est-ce ma faute si des personnages que je ne peux qualifier, et que d'ailleurs je connais très mal, se sont servis de moi comme d'un intermédiaire, comme d'un instrument peut-être pour parvenir à leurs fins ? Je ne sais pas. Je ne sais plus. J'ai réfléchi trop longtemps et trop souvent sur cette histoire pour la considérer encore avec un esprit net. A force de revenir même sur une vérité manifeste, l'esprit le plus raisonnable finit par tout embrouiller.

Suis-je un esprit raisonnable, en vérité ? Je crois prudent de tirer la chose au clair et de faire des réserves. J'habite avec ma sœur, Béatrice Chédevièle. Je crois vous l'avoir dit déjà. Nous sommes tous deux célibataires. J'ai quarante-cinq ans. Béatrice est ma cadette : elle vient de passer la quarantaine. En vérité, les hommes sont des idiots et, parlant ainsi, je parle contre mon intérêt : Béatrice est mon ange gardien. Que ferais-je sans elle ? Comment pourrais-je vivre sans elle ?

Mais je n'arrive pas à comprendre pourquoi cette fille bien faite, intelligente, raisonnable, j'y reviens, et même souriante, et même instruite, et surtout bien portante, est demeurée sans époux, alors que je vois les hommes se jeter avidement sur des femmes hargneuses, mal bâties, ignorantes et sottes. Si j'étais écrivain, au lieu de raconter interminablement des histoires d'amour, je voudrais écrire la vie d'une de ces filles que l'on se dépêche souvent d'appeler des « vieilles filles », comme si l'on entendait les enfermer dans le célibat.

Ce n'est pas sous l'effet d'un sentiment familial, impérieux et même aveugle, que je trouve ma sœur charmante. Je mesure mes mots et, d'abord, je les cherche. Si je vais jusqu'au fond de ma pensée, si je dis que Béatrice est belle et même et encore désirable, vous allez sans doute rêver à un autre complexe, à l'inceste fraternel, qui doit avoir trouvé un nom grâce au bonhomme dont je vous ai déjà parlé. Mais vraiment, vous auriez tort.

Et cette idée suffit pour me mettre en
colère. Je suis célibataire, c'est entendu.
Ce n'est pas ma faute : la femme qui
m'était expressément réservée par le destin
existe sans doute; malheureusement, je
ne l'ai jamais rencontrée. En revanche,
il m'est arrivé de voir, de connaître, d'admirer nombre de filles que j'estimais. Elles
ne correspondaient pas à mon idéal personnel; mais elles méritaient de vivre
une vie pleine et complète. J'aurais voulu
avoir des maris plein mes poches et leur
en proposer, à toutes et à chacune, un
qui fût selon leurs vœux. Je pense ainsi,
dans un élan du cœur; et puis, j'imagine
ces filles enfin mariées, je les vois plier
sous le fardeau d'une famille, se querellant
chaque soir avec un époux malotru, épuisant leurs veilles à repriser des chaussettes,
à faire des comptes, à rédiger des lettres
innombrables. J'essaye de les imaginer
enceintes, accablées de tracas sans mesure,
et je pense que mon imagination leur
souhaite généreusement une vie de sacrifices et d'épreuves. On ne sait pas. On

ne peut rien dire. On ne devrait jamais rien dire.

En attendant, je me demande ce que je deviendrais sans Béatrice, ma sœur bonne et dévouée. Je viens de parler des chaussettes. Mais, c'est Béatrice qui me reprise mes chaussettes ! J'ai horreur de la méthode américaine qui consiste à jeter le linge quand il est un peu déchiré. C'est Béatrice qui fait les comptes, le soir. C'est Béatrice qui consent à m'écrire les trois quarts de mes lettres. Je parle du courrier privé, non des messages professionnels, ceux du bureau.

Béatrice est la délicatesse personnifiée. Elle est sans défaut. Je le reconnais malgré nos menues querelles. Par exemple, elle ne fume pas. Moi je fume. Il en résulte, le soir, dans cette grande pièce qui nous sert de salle à manger et de salon, des entretiens qu'il est presque impossible d'expliquer. J'allume, par exemple, un cigare. Je voyage souvent pour la Compagnie. Et je rapporte du tabac. Mon cigare est déjà presque à moitié consumé, la pièce est pleine de fumée. Il fait trop frais pour ouvrir les fenêtres. Je dis, en secouant la cendre dans une coquille Saint-Jacques réservée à cet usage :

— La fumée est bien épaisse. Je ne te gêne pas, Béatrice ?

Elle hoche la tête, laisse tomber ses lunettes sur le journal et dit avec un sourire indéfinissable :

— Si cela me gênait, tu sais bien que je ne dirais rien.

Nous retournons à nos lectures. Le silence tombe, il s'épaissit. Au bout d'un moment, je murmure :

— Béatrice !
— Quoi donc, Théo ?
— Ma fumée te gêne. Si, si ! Tu ne dis rien et, tout à l'heure, tu m'as répondu que si cela te gênait, tu ne dirais rien. Tu ne dis rien, il est donc évident que ma fumée te gêne.

Béatrice pose amicalement un doigt sur le dos de ma main. Elle sourit et retourne à son journal.

Béatrice est dirigée par l'intuition.

Moi, je calcule tout et je me trompe toujours. Ma chère Béatrice, elle, se contente de flairer les choses, les gens, les circonstances, et elle ne se trompe jamais. Cela finit par m'agacer. Quand Béatrice a raison trois ou quatre fois de suite, même avec discrétion, je pique une petite colère.

Cela ne signifie pas, croyez-le, que je n'apprécie pas ses conseils. C'est elle qui, non sans raison, m'a fait comprendre discrètement que je devais me défier du nommé Dikadour, mon patron. Que ne l'ai-je écoutée! C'est elle qui m'a mis en garde contre Ernest Himer. A vrai dire, le drame d'Ernest Himer m'inspirait de la sympathie, de la curiosité surtout. J'en parlais, le soir, à Béatrice. Et elle me disait, d'un mot, que je devais être prudent. Elle devine tout.

C'est Béatrice qui reçoit d'abord mes visites particulières. Je ne parle pas des visites du bureau, bien que beaucoup de gaillards commencent par le bureau et ensuite se risquent jusqu'à l'appartement.

Béatrice devine les tapeurs, rien qu'à leur façon de sonner. Je suis un homme de situation modeste. Et pourtant, je suis, périodiquement, harcelé par les tapeurs. Ils ont entendu parler de moi par les gens de la Compagnie, et ils viennent. On pourrait croire qu'ils se donnent le mot, on pourrait croire qu'il existe un syndicat des tapeurs, malgré la différence des méthodes.

Il y a celui qui se découvre tout de suite, dès que l'on ouvre la porte; celui qui, parce qu'il m'a connu au lycée Henri IV, autrefois, tâche de se faire inviter à déjeuner et, pour finir, demande dix mille francs ou cinquante mille francs, ou même plus. Il y a l'invisible, celui qui envoie son petit garçon, un gosse de quatorze ans, peut-être moins, en culotte courte, et qui est admirablement dressé. Il y a ceux qui viennent à deux et qui font, ensemble, quelque chose de comparable à un numéro de *music-hall*. Il y a ce malheureux qui reste en bas, dans un taxi, parce qu'il est malade, et qui envoie la concierge porter une lettre suppliante.

Béatrice pourrait me délivrer de ce fléau, si j'étais assez sage pour rester dans la coulisse. Mais j'écoute, derrière la porte, et je suis assez bête pour me montrer au moment où ma chère sœur est sur le point de remporter une difficile victoire. Béatrice a, dès le début, accepté de jouer le vilain rôle. Et moi, je viens tout gâter, par orgueil, par sottise. J'écoute derrière la porte, et pendant ce temps-là, je ne travaille pas. Ma chère sœur essaye de sauver mon temps. Et moi, je ne manque jamais une occasion de le perdre. A part cela, je suis naturellement travailleur. J'aurais vraiment aimé d'être paresseux. Mais c'est une vocation, et je n'avais pas le don.

Quand je suis dans mes mauvais moments, je cherche querelle à Béatrice. Oui! Oui! que je l'avoue! Quand Béatrice a trop évidemment raison, comme dans l'affaire du T.A.P. 357, je me mets à la disputer. Un jour, elle en a pleuré. Chère, chère Béatrice! Ce jour-là, j'ai compris qu'elle touchait à la sainteté. Je me suis jeté à genoux devant elle. Quelle scène ! Je venais de lui dire des choses désagréables, très désagréables. Elle a cru que je lui demandais pardon. Mais non ! ce n'est pas si simple. Je me jetais à genoux devant cette sainte qui était mon œuvre. J'ajoute que ce sont des scènes dont il est sage de ne pas abuser. Je ne recommencerai jamais ! Du moins j'en prends la ferme résolution.

Chapitre troisième

Chédevièle baissa la tête, regarda longuement le sol entre la pointe de ses souliers et murmura :

— Je ne suis pas joueur. Je n'ai jamais été joueur...

L'étrange garçon réfléchit pendant de longues minutes. La contraction de ses sourcils donnait à croire que cette réflexion n'était ni plaisante, ni même aisée. Il reprit bientôt, cherchant les mots et les syllabes :

— Au fond, le mot de joueur ne veut rien dire, parce qu'il veut tout dire. On parle du jeu des muscles, du jeu des mécaniques. Ce n'est pas dans ce sens-là que je ne suis pas joueur. Si j'avais reçu, de bonne heure, l'éducation particulière qu'il faut pour jouer d'un instrument de musique ou pour faire assaut de fleuret, je n'aurais pas dédaigné les divertissements de cet ordre. Nous devrions, nous Français, qui aimons l'exactitude, les phrases bien faites, les mots précis, nous devrions avoir deux mots très différents : l'un exprimerait les exercices d'adresse, l'autre notre soumission au hasard. Quand je dis que je ne suis pas joueur, j'avoue que le hasard m'inspire de l'horreur. Il en était ainsi bien avant le moment où j'ai fait la connaissance d'Ernest Himer. Je peux même vous raconter une anecdote assez frappante, à mon sens. Moins qu'une anecdote : un trait, oui, un trait de mon caractère. J'avais une vingtaine d'années, en 1922. J'étais libéré du service militaire à cause de ma santé, qui fut et qui demeure médiocre. J'avais trouvé non pas une situation, mais un petit emploi de secrétaire dans l'hôtellerie, dans une société internationale qui gérait divers établissements, dont plusieurs sur la Côte d'Azur. Attendez ! Vous me considérez avec attention. Je suis sensible à cette marque d'intérêt. Il y a des observateurs qui réservent leur vigilance pour les princes et pour les grands artistes, ou pour les chefs militaires, ou même pour les hommes politiques, les hommes du pouvoir. Au regard de ces gens, un simple employé comme Théophile Chédevièle ne présente évidemment aucun intérêt. A ce compte, un grand savant comme Pasteur aurait dû poursuivre ses expériences de laboratoire sur des rois ou sur des archevêques, mais non pas sur des souris, sur des cochons d'Inde ou des chiens. Quelle erreur font ces gens ! La vie est la vie, et le mystère est partout. Le pauvre homme que nous croisons sur le trottoir et qui porte une poutre sur le dos, ce pauvre homme forme parfois des pensées qui ne sont ni simples, ni vulgaires ; seulement, il ne sait pas les exprimer. Il ne sait même pas les penser. Il souffre de ses meilleures idées sans les bien comprendre lui-même. Et le devoir de ceux qui se disent des observateurs serait, à mon sens, d'aider tous ces malheureux à comprendre non seulement leur misère, mais tout ce qui s'agite et bouillonne au fond de leur âme incapable de se soulager elle-même, c'est-à-dire de manifester son extravagante complexité...

Mais ce n'est pas cela que je voulais vous dire. Je vous parlais du hasard. J'appelle « hasard » tout ce que, dans la vie et dans le monde, il m'est impossible de prévoir, d'abord, de comprendre, ensuite, et, finalement, d'expliquer. Le hasard me fait horreur parce qu'il m'humilie. On m'a conté que la religion des musulmans leur interdit les jeux de hasard. Or un sultan du Maroc jouait quand même à de tels jeux. Quand on osait lui en faire quelque reproche, il souriait et répondait : « Je joue, certes, mais je triche. Ainsi je ne m'abandonne pas à ce hasard qui nous est interdit ; si je gagne, je l'ai mérité par un travail de mon esprit... »

Vous l'avouerai-je ? Cet artifice ne donne

pas apaisement à un homme de ma sorte. Je vous disais que, vers ma vingtième année, mes fonctions m'avaient amené à faire un petit séjour sur la Côte. J'avais, naturellement, visité le Palais des Jeux, à Monaco. Cette visite m'avait bouleversé : je me trouvais transporté dans le temple du hasard. J'errais de salle en salle, hanté par l'idée de manifester mon effroi, non certes par un geste de scandale, ce qui n'est pas dans ma nature, mais par une action propre à me libérer vis-à-vis de moi-même, à me libérer pour jamais. Alors j'ai fouillé mon vêtement, j'ai ramassé tout ce que je possédais, sur moi du moins, car je laissais à l'hôtel l'argent nécessaire à mon travail, à mes déplacements, à mon retour. J'ai pris tout mon argent de poche et j'ai acheté des jetons, je me suis approché d'une table et j'ai posé tous mes jetons sur une case. Je crois me souvenir que j'ai joué la couleur, comme disent les spécialistes. Tout aussitôt j'ai tourné la tête. Je me suis éloigné. Je suis sorti de l'établissement. Je n'y suis jamais retourné. J'ai peut-être, sans le savoir, gagné, puis perdu toute une fortune. Aucune importance. J'ai fait, une fois pour toutes, un sacrifice au dieu de la chance. Je n'ai jamais eu, depuis, la moindre envie de recommencer. Une telle fantaisie viendrait-elle à me troubler qu'il me suffirait de penser au malheureux Himer pour retrouver aussitôt mon amour de l'ordre, de l'intelligence, de la volonté. Vous allez sourire et penser que j'emploie de bien grands mots. En vérité, je cherche les mots propres à me délivrer de tout ce qui m'obsède et me torture à certaines heures.

Ernest Himer avait fait son service militaire dans l'aviation. Il était sorti de là non seulement gradé — oh! un petit grade, vous pouvez le croire — mais bien noté. C'était, dans l'exercice de son métier, un esprit apparemment précis. Comment ne pas se montrer précis quand on manie de ces mécaniques terribles? Par la suite, et pour des raisons que je n'ai jamais connues, pour des raisons sur

LE COMPLEXE DE THÉOPHILE

lesquelles je n'ai jamais osé l'interroger, il n'avait pas été engagé comme pilote par la Compagnie nationale. Il avait, selon les besoins, fait des remplacements assez furtifs, et sur des lignes lointaines, comme navigateur ou même comme radio... Il en parlait, parfois, avec amertume. Et pourtant, en quelques années, il avait pris, du métier, une grande expérience variée. Il avait, finalement, été engagé comme chef pilote par la Compagnie T.K.V.T. Naturellement, la république du Tcharmaniskan, sur ses lignes régulières, n'emploie que des pilotes nationaux. Il paraît que les Tchar, comme on les appelle familièrement, dans le monde particulier de l'aviation, ne sont pas maladroits du tout. Ils savent très bien conduire une automobile ou un avion, ce qui ne signifie pas qu'ils sauraient fabriquer eux-mêmes ou simplement réparer ces machines-là. Comme la plupart des peuples venus à la civilisation technique depuis le début du siècle, ils n'ont pas l'esprit de méthode. Ils ne savent même

pas ce que veut dire le mot de méthode.
Mais ils conduisent convenablement les
avions qu'ils achètent aux grandes puissances industrielles. Ils en ont commandé
beaucoup, naguère, à l'Amérique. Maintenant, c'est vers la Russie qu'ils songent
à se tourner, si j'en crois les dernières
nouvelles. On verra! On saura bientôt
à quoi s'en tenir. Pour le moment, les
avions réguliers de la Compagnie sont
des «Zodiaques», ou quelque chose d'analogue. Ils ont des accidents, comme tout
le monde, évidemment, et pas plus que
tout le monde.

Chédevièle releva le front, fit un pâle
sourire et reprit :

— Vous allez sans doute vous demander pourquoi je parle avec cette apparente indifférence d'une compagnie dont
je suis l'un des employés. Laissez-moi
d'abord vous dire que je suis un homme
respectueux de ses devoirs, soucieux des
charges qu'il a, voici dix ans, acceptées
sans réserves. Cela ne signifie pas que
j'aie renoncé, que je renoncerai jamais à

mon droit d'observation, de jugement, de critique. Je n'appartiens pas aux bureaux de l'avenue de l'Opéra. Je ne suis pas en relation avec la clientèle de la Compagnie. Si je vais à Orly, parfois, c'est pour régler des questions de carburant. Je suis, en principe, un des bonshommes de la rue des Pyramides. Le bureau des carburants et des huiles de graissage est installé rue des Pyramides. Je suis censé ne rien savoir de ce qui se trafique avenue de l'Opéra. J'ai connu Ernest Himer sur l'aérodrome d'Orly, puis en avion, parce que j'avais parfois lieu de voyager dans l'avion dont il avait la direction. T.A.P. 357. Un assez petit avion, d'un type mal défini pour moi, tri-moteur, comme un JU-52, mais avec l'aspect d'un D.C.-3, l'allure innocente et bénigne d'un avion pour passagers, de moyenne dimension, de moyenne puissance. En réalité, la Compagnie ne se servait de cet appareil que pour les besoins du service ou pour le voyage des personnages officiels.

Il faut croire que les gens de la T.K.V.T.

avaient des idées particulières sur leur personnel, parce qu'ils ont, après les épreuves d'usage, et sur le vu des certificats conservés par Himer dans son dossier, choisi cet étrange garçon, de préférence à deux Allemands et à un Russe qui, je l'ai su dans la suite des temps, avaient sollicité l'embauche. Himer est venu me voir, après son affectation, rue des Pyramides, et, par la suite, nous avons lié quelque chose comme une amitié. Je suis, vous le voyez, plein de réserve sur mes mots. J'ai fréquenté Ernest Himer et sa famille — je veux dire sa femme et ses enfants — pendant plusieurs années. L'homme, physiquement, me plaisait. Il était d'aspect placide, quand, toutefois, son démon secret ne le torturait pas. Personnellement, il m'eût inspiré de la sympathie, si je n'avais pas fait, par devers moi, une réserve expresse en ce qui concernait son vice, oui, je dis bien, car c'est d'un vice qu'il s'agit là. Mais, tout pesé, j'avais plaisir à rencontrer Himer, à le voir chez lui, dans sa maison, dans sa vie privée qui m'a paru exemplaire et même enviable jusqu'au jour où j'ai commencé d'entrevoir le drame secret de cette existence. J'ai fait plusieurs voyages avec Himer, pour la Compagnie, et dans une réelle intimité, car il s'agissait, chaque fois, d'affaires intéressant la T.K.V.T. et le petit appareil n'emportait que deux ou trois employés. A Tvarnia, la capitale du Tcharmaniskan, la Compagnie a fait construire un immeuble à l'américaine, presque entièrement composé de matière plastique et de verre. Le personnel, dont je suis, descend dans un hôtel étrange, tout neuf, voisin de l'aérodrome. Je ne parle pas la langue du pays. Personne, en Europe, ne parle cette langue. Nous réglons nos affaires, selon les bureaux, en anglais. Quelques personnes parlent le français, parce qu'elles ont fait des études en Iran. Depuis l'an dernier, il y a un bureau chargé des affaires avec l'U.R.S.S., un bureau où l'on entend parler le russe. Mais laissons tout cela de côté, pour l'instant du moins, et revenons à mon étrange ami Ernest Himer.

Si je dis qu'il était étrange, si je dis que quelque chose en lui m'était étranger, c'est parce qu'il était entièrement soumis, dominé, subjugué par le culte du hasard. Oui, cet homme dont le métier consistait à manœuvrer des appareils de haute précision, à déjouer les pièges de la nature, à surmonter ses impulsions personnelles pour se plier aux ordres que lui donnaient ses machines, pour tenir un compte exact des renseignements qui lui étaient fournis par les postes de la météorologie terrestre, ou par les avis du navigateur et du radio qui l'accompagnaient dans certaines de ses randonnées, cet homme, dès qu'il se trouvait en liberté pour quelques heures, cherchait une manière de s'abandonner au hasard, de se livrer à son démon dont il ne pouvait absolument pas prévoir les fantaisies, les caprices, les retournements soudains.

Un ami, qui a vécu longtemps dans les milieux scientifiques, m'a dit que si les mathématiciens achevaient souvent leur vie dans la politique, c'est qu'ils étaient, assez tôt, las d'avoir toujours raison avec les chiffres, avec ce que ces messieurs appellent des « équations ». Ils souffraient en quelque sorte de manquer d'inconnu, de manquer de surprises déroutantes. Il y en a, parmi ces gens des sciences précises, qui passent le temps de leur vieillesse à regretter de ne pas avoir fait de la médecine, parce qu'en médecine on a toujours des chances de se tromper, paraît-il, autrement dit on n'est jamais absolument sûr d'avoir raison. La réserve d'inconnu est inépuisable.

Voilà, je crois bien, la nature de cette étonnante maladie qui avait saisi Ernest Himer. Rien à lui reprocher quand il était sur son appareil, en tête à tête avec le génie mécanique, avec le génie de la précision. Mais quand il était à terre, seul, capable de s'abandonner à sa secrète folie, alors il n'avait plus qu'une envie, et c'était de se livrer au hasard.

Quand je l'ai connu, c'est-à-dire à

l'automne de l'année 1947, il avait déjà renoncé à ces jeux que j'appellerai les faux jeux de hasard. Il ne jouait plus aux courses, par exemple. Il avait assez vite compris que l'amateur véritable, celui qui passe la plus grande partie de sa vie sur les hippodromes, n'est pas un fanatique du hasard. C'est, tout au contraire, un technicien qui se trouve en face d'un problème et qui s'efforce d'en dénombrer les éléments. Il s'agit de connaître les chevaux engagés dans la compétition, de connaître leur histoire, leurs défauts, leur hérédité, leurs habitudes. Même chose pour les jockeys, c'est clair.

Car il s'agit de connaître aussi les jockeys, les écuries, les propriétaires. Il s'agit de compter avec le ciel, la température, le vent. Presque une science, en somme. Le vrai joueur se lasse de telles combinaisons. Ce que veut le vrai joueur, c'est se trouver en face d'une conjoncture tellement confuse dans son apparente simplicité, que l'homme n'a plus qu'à se livrer à l'inconnaissable. Himer avait toujours, dans l'une de ses poches, un petit cornet à dés, avec les dés, naturellement. Quand il se trouvait hors de ses fonctions, en société d'amis dont il ne pouvait douter, il tirait, tout en parlant, son cornet et il jouait ainsi les menues résolutions de l'heure. Il avait, en outre, dans une poche intérieure de son gilet, un louis d'or. Il ne le prenait que pour trancher un problème apparemment insoluble, du moins pour lui. Accepterait-il l'invitation de ce journaliste arménien qui voulait obtenir de lui une interview ? Alors Ernest, de sa pochette, tirait le louis, le lançait haut en l'air, après avoir précisé le sens de ce « pile ou face ». Et il exécutait ensuite, en souriant, l'ordre du hasard. Il irait déjeuner avec le certain Syrien, encore qu'il eût été avisé qu'il convenait de se comporter avec prudence devant ce personnage subtil.

Cet homme qui, assis à son poste, regardait avec une réelle attention, la nuit, les mouvantes images du radar, n'avait qu'une idée, quand il était à l'escale, c'était de trouver un moyen de renier tout ce qui pouvait ressembler à un déterminisme logique. Il prenait des bons de la loterie nationale et de toutes les loteries dont il entendait parler. Il fréquentait, en Occident, toutes les maisons de jeu. Depuis longtemps, il ne jouait plus aux cartes, estimant que la part du hasard, dans les jeux à la mode, était vraiment trop mesurée, que l'on pouvait, comme le sultan du Maroc dont je vous ai parlé, tourner la chance à son profit par un effort de calcul ou de tricherie.

Or, chose étrange, cet adorateur du hasard avait épousé une femme intelligente, parfaitement raisonnable, et il en avait quatre enfants, non pas monstrueux et difformes, mais bien faits, et capables, semblait-il, d'un avenir d'ordre et de raison.

Chapitre quatrième

J'étais un jour, à mon bureau, je veux dire à mon travail, rue des Pyramides, quand je vis entrer Himer.

— J'espère, me dit-il, ne pas vous déranger, du moins ne pas vous tenir longtemps. Vous êtes plongé dans la paperasse...

— Oui, fis-je avec un sourire à moitié pincé, je fais le compte de votre dernier voyage, mon cher ami. Vous figurez sur un registre particulier. Alors... Le gouvernement « tchar » est très méticuleux en ce qui concerne, singulièrement, T.A. P. 357.

Je n'avais pas l'intention ferme de me débarrasser d'Himer, j'avoue pourtant que j'étais assez chargé d'une besogne méticuleuse et fastidieuse, et je pensais qu'il allait le comprendre. Mon étonnement fut grand quand je le vis tirer une chaise, l'approcher de ma table et s'asseoir.

— Permettez, fit-il, une minute, plus peut-être. Je vais probablement vous demander un service...

Un silence tomba. L'idée qu'Himer allait s'ouvrir un peu, me montrer quelque chose de son étrange personne, cette idée venait de raviver ma curiosité qui n'était pas, certes, franche de sympathie. Himer devait alors avoir une quarantaine d'années. Il était grand, bien bâti, le visage immobilisé par un sourire dont il était impossible de savoir s'il exprimait la confiance, ou l'incertitude. Un masque, assurément. Un beau masque. Cela ne laissait pas d'intriguer un homme qui vous a, dès le commencement de l'histoire, avoué qu'il aimait, par principe, ce qui était clair, évident, lumineux, limpide.

J'ai si souvent répété ces mots qu'ils ont fini par prendre le caractère d'une devise, non pas évidente pour autrui, mais intérieure, mais personnelle.

J'attendais donc, non sans curiosité, ce que mon visiteur gardait en réserve, quand, tout à coup, je le vis se lever, faire quelques pas dans la pièce, puis s'asseoir, de nouveau, à califourchon, cette fois, sur la chaise, puis esquisser un étonnant et nouveau sourire. Je n'ai jamais eu l'occasion de voir Himer en proie à sa passion, je veux dire aux jeux de hasard; mais j'eus le sentiment qu'il devait montrer une expression semblable à celle que je découvrais sur son visage, quand il lançait en l'air le louis d'or qui lui servait à trancher — pile ou face — divers problèmes de sa vie.

— Pouvez-vous, dit-il soudain d'une voix plate, pouvez-vous me prêter de l'argent?

Je n'attendais rien de tel, surtout rien d'aussi banal, ce qui dut se manifester d'abord par un moment de silence, puis par une certaine inflexion de ma voix quand je commençai de parler, de cette voix dont j'avoue humblement ne pas être suffisamment le maître. Je fis effort pour trouver les ressorts d'un air calme et dégagé, puis je répondis :

— De l'argent ? Sans doute, oui, sans doute. Mais l'expression est vague, et je ne sais pas, à vous entendre, s'il vous faut un billet de mille francs pour payer votre déjeuner, parce que vous avez peut-être oublié votre portefeuille, ou si vous devez faire face à quelque dépense considérable.

Himer n'avait pas cessé de sourire et j'eus soudain la certitude qu'il devait faire cette grimace, presque voluptueuse, quand il jetait des billets sur le tapis de la roulette.

— Si vous ne pouvez pas m'aider, dans le moment difficile où je suis, dit-il, je ne vous en voudrai pas. Je vous ferai seulement une place dans une certaine catégorie de mes relations, celle des personnes dont je ne peux rien attendre, des personnes que j'appelle, oh! fort cordialement, les «bouteilles vides», ce qui ne m'empêche pas d'entretenir avec elles des relations courtoises, et même affectueuses parfois.

— Je saurai bientôt, fis-je en souriant à mon tour, si je suis une bouteille vide. Mais, puisque vous avez employé cette image, permettez-moi, mon cher Himer, de vous faire remarquer, sans insistance, qu'il y a des bouteilles à peu près vides, pas tout à fait vides, mais où l'on peut trouver encore un bon verre de liqueur forte. Il y a des bouteilles qui sont déjà presque vides et d'autres bouteilles qui ne sont pas encore pleines, mais qui...

Himer fit le geste de chasser une mouche sans toutefois renoncer à un sourire qu'en d'autres circonstances et en d'autres lieux on aurait pu juger quasiment professionnel.

J'avais, sans ostentation d'ailleurs, tiré l'un de mes portefeuilles : même entre mes voyages, je vis bardé de paperasses, comme tout le monde, comme tout le monde. J'ouvris le portefeuille où l'on pouvait apercevoir quelques billets de banque.

Himer fit de la tête un signe négatif, ce qui ne laissa pas de me mettre dans l'embarras. Puis, à voix basse, mais non confuse, mais non timide et déconfite, il reprit :

— J'ai joué, hier soir. J'ai perdu. Ce n'est pas la première fois. Ce ne sera pas la dernière, surtout si vous m'aidez à régler, sans retard, cette dette, qui tombe assez mal. Je vous expliquerai pourquoi. Vous me regardez, cher ami, et vous pensez que je suis affligé d'un vice dangereux. Non! non! ce n'est pas un vice : c'est une revanche, oui, une revanche sur toutes les certitudes techniques auxquelles je suis obligé d'obéir. Regardez-moi bien, Théophile Chédevièle. Vous êtes un homme très intelligent et vous pouvez me comprendre. Oh! je ne cherche pas à vous flatter pour vous tirer de l'argent. Moi! Moi! Himer, je ne flatte personne. Je vous considère comme un esprit curieux de tout et je vous traite comme tel ; je vous choisis pour vous emprunter de l'argent. Je vous ai déjà parlé de mes raisons profondes, oui, de mes raisons d'agir comme je le fais. Je suis un technicien de l'aviation. J'ai travaillé dans les ateliers de fabrication, autrefois ; puis je suis devenu pilote. J'ai fait la guerre. Je suis un parachutiste amateur : j'ai chanté, en Indochine, avec les autres : « En sautant par la portière... » J'ai fait le navigateur et même le radio. Comprenez-moi, Chédevièle, vous qui pouvez comprendre plus de choses qu'un professeur des grandes écoles, simplement parce que vous êtes attentif et scrutateur. Je sais ce que je dis. Et puis vous êtes croyant. Si ! vous êtes chrétien. Vous ne m'en comprendrez que mieux. Les hommes d'aujourd'hui n'ont plus qu'une pensée : tout régler, tout décider eux-mêmes. Ne plus rien laisser faire à Dieu. Ils s'occupent aujourd'hui de détruire la planète : c'est évident, et tous les gens intelligents le comprennent. Après, Dieu n'aura plus qu'à se débrouiller avec des rayons, des vapeurs, des débris embrasés. Moi, je suis un homme d'aujourd'hui, mais seulement dans l'exercice de mon métier. Rien à me reprocher. Comprenez-moi, Chédevièle. Il y en a, peut-être, dans la maison, que j'inquiète un peu. Et ils ne sauraient dire pourquoi. Je ne me suis jamais ouvert qu'à vous seul. Nous avons souvent voyagé ensemble. Je fais, strictement, mon devoir de robot. Je manœuvre un appareil et les moteurs commencent à tourner. Je touche un autre appareil et l'avion décolle. Je suis le maître. J'en ai honte. Il me semble que j'usurpe les fonctions de l'Etre suprême. Je veux tourner à gauche et l'appareil tourne à gauche, à droite et il tourne à droite, descendre et nous descendons. Un jour — vous n'étiez pas avec moi — j'ai senti soudain deux de mes moteurs s'arrêter, ensemble. Mécaniquement, c'est presque incompréhensible. Et pourtant, il en était ainsi. L'appareil s'est mis à tomber, pas d'autre mot. Les quatre personnes qui étaient avec moi s'accrochaient à leur siège; leur visage était vert. Je me suis senti, pendant dix secondes, transporté d'une sorte de volupté. J'étais aux mains de puissances dont je ne me sentais pas le maître. Je cessais d'être un automate. J'étais entre les mains de Dieu, de mon Dieu. A ce moment-là, les deux moteurs ont recommencé de tourner et je suis redevenu un homme vulgaire, un complice de la vulgaire mécanique... A quoi pensez-vous?

— Je me demande, répondis-je, si je vais me trouver en état de vous prêter ce dont vous avez besoin.

— Remettez votre portefeuille en poche, dit Himer, soudain très calme. Si vous consentez à m'aider, à me tirer d'affaire, prenez votre chéquier. Il est deux heures et demie du soir. J'ai le temps d'aller à votre Banque de Paris et des Pays-Bas. C'est à deux pas d'ici. Comprenez bien : j'ai engagé toutes mes réserves. Ma femme ne le sait pas. Ma femme ne sait presque rien de moi. Et mes enfants sont trop petits. Vous êtes mon seul témoin.

— Combien voulez-vous ? fis-je d'une voix neutre.

— Cent mille francs.

— Je vais vous les donner, repris-je en ouvrant mon chéquier. Et si je ne pouvais pas le faire ?

— Rien de plus simple, fit Himer. Je me tuerais. J'y songe parfois comme à la plus intéressante des aventures.

— Oui ! Mais qui rendrait alors l'argent ?

Himer rêva une minute en contemplant le plafond.

— Je vous rendrai cet argent. Le moment de m'amuser à me tuer n'est pas venu.

— Comment le savez-vous ?

— Je n'ai pas entendu la voix. Allons ! Je vous rendrai l'argent, après-demain.

Je commençais de rédiger mon chèque.

— Dites-moi, murmurai-je, y aurait-il une vertu contagieuse dans votre passion du hasard ?

LE COMPLEXE DE THÉOPHILE

— Pourquoi ? fit le visiteur.
— Parce qu'il me semble que moi aussi, je suis en train de jouer à pile ou face.

Sur ces mots, je tendis vers Himer la petite feuille signée.

Chapitre cinquième

Quelques jours passèrent. Une huitaine, une dizaine peut-être. Je ne suis pas riche, vous le croirez sans peine. Et cent mille francs, cela représente, pour moi, les économies d'une année, ou peut-être plus. Mais je n'étais pas impatient de revoir Himer et de retrouver mon argent. J'étais plutôt curieux, comme peut l'être le lecteur d'un roman d'aventures — série verte. Je pensais, dans mes moments perdus : « Ou bien Himer me rendra l'argent, et tout sera réglé, pour le moment du moins, ou bien Himer ne me rendra pas l'argent, et j'aurai fait une expérience un peu coûteuse, mais décisive pour l'avenir. On verra bien. »

Ces réflexions me donnèrent donc satisfaction pendant une grande semaine durant laquelle je n'eus aucune chance de rencontrer Himer. Je commençais même de ne plus penser à lui, du moins d'y penser sans trop d'inquiétude ou d'irritation, quand vint un dimanche, un agréable et souriant dimanche.

Autrefois, j'allais entendre la messe à la Madeleine, ma paroisse, officiellement, si j'ose dire. Mais depuis la pénible affaire de Saint-Pierre, j'allais entendre la messe à Saint-André-d'Antin. C'est une assez petite chapelle, un peu trop près de la rue et du boucan, du moins à mon goût, mais où j'avais parfois la chance d'entendre parler un prêtre admirable, un homme qui avait résolu le problème de cette éloquence particulière que l'on appelle, dans les livres, l'éloquence de la chaire. Il trouvait le moyen, peut-être parce que la chapelle est petite, de parler à ses ouailles réunies dans le vaisseau, comme il parlait, quand besoin était, à une seule personne, à une âme souffrante, à un être égaré, malheureux, perdu.

Ce jour-là, par grand hasard, un groupe de jeunes gens, des amateurs sans doute, chantaient dans la tribune, accompagnés d'instruments, un chœur de grande beauté. J'aurais voulu le connaître, le reconnaître ; il hante, depuis, mes rêveries. Mais je ne suis pas musicien et c'est une des douleurs de ma vie. N'importe, j'écoutais, et la musique m'aidait à retrouver cette foi sublime, qui me visite parfois, pendant une minute, et qui ne répond pas souvent à mes appels.

J'en étais à méditer sur ce thème, ce qui est la plus sûre des méthodes pour qui veut effaroucher la grâce, quand j'aperçus, non loin de moi, debout parmi ceux qu'on appelle, à tort ou à raison, les fidèles, quand j'aperçus... Qui ? Je vous le demande. Himer, naturellement, Ernest Himer en personne, l'homme dont les propos, tels que je vous les ai rapportés, m'avaient donné l'idée qu'il était incroyant.

Himer écoutait cette messe du dimanche avec une attention extrême ou qui, du moins, me parut telle. Il ne se contentait pas, quand la clochette de l'autel commandait le recueillement, il ne se contentait pas d'incliner la tête comme ses voisins, il s'agenouillait et, pendant deux ou trois minutes, je cessais de le voir. Deux hommes de la foule se prirent à parler, derrière lui. Himer se retourna les sourcils froncés, le regard dur, et les deux bavards, interdits, fermèrent le bec. En se retournant, Himer m'aperçut et il ne fit pas le moindre signe de connaissance, pas le moindre clignement de la paupière. J'eus le temps de penser, et je l'avoue avec honte : « Il n'a même plus l'air de savoir qui je suis. L'expérience va me coûter cent mille francs... »

Le prêtre dont je vous ai dit un mot était à l'autel. Il avait une manière telle d'accomplir son ministère que l'on comprenait tout, à merveille. Je dis « il avait »; mais il doit toujours avoir les mêmes vertus exceptionnelles. Seulement, on lui a donné de l'avancement et il a dû quitter son troupeau. Il est quelque part, je ne sais plus où, dans un coin d'Auteuil ou de Passy. Bon! Revenons à ce dimanche Nous entendîmes donc les derniers mots de la cérémonie : *Ite, missa est*. Le prêtre, après la suprême prière, quitta l'autel avec toute sa suite et la foule commença de s'écouler vers la lumière du portail. Comme Himer passait près de moi, tout à coup, il me saisit par le coude, sans rien dire. Il serrait assez fort et j'avoue que je ne pus réprimer un soupir. Un soupir perdu, bien évidemment, car Himer serrait toujours mon coude et je n'avais plus qu'à le suivre.

A peine dans la rue, Himer fit halte. Il n'y a pas de parvis devant cette modeste chapelle, et les autobus du dimanche roulaient à bonne allure, suivis comme des comètes par une queue de voitures grognantes.

— Venez avec moi jusqu'au parc Monceau, dit-il enfin, d'une voix basse mais impérieuse.

Là-dessus, il me prit par le bras et me fit traverser la rue de Léningrad. Il avait une telle façon de regarder les chauffeurs que ceux-ci s'arrêtaient aussitôt, ce dont profitaient les groupes de fidèles. Chose extravagante, et que je ne peux avouer sans confusion, mes pensées s'égaraient dans cette cohue. J'aurais pu me dire : « C'est un homme extraordinaire ! » mais je murmurais, dans le secret de mon cœur, des choses en même temps absurdes et naturelles : « Si mes cent mille francs sont perdus, le gaillard est perdu, lui aussi. D'ailleurs, il me l'a laissé entendre. Et si je lui laisse les cent mille balles, il est perdu quand même : il est sans doute inguérissable... »

Nous demeurâmes silencieux jusqu'à la porte du parc Monceau. Quand nous étions arrêtés par un feu rouge, mon compagnon patientait, sans que son visage exprimât la moindre trace d'agacement. Il dit seulement, au passage de la rue de Rome : « La discipline est la meilleure façon de ne point surmener son cœur et ses nerfs. Pour moi, j'ai

9-12, comme tension artérielle. En somme rien à craindre. Mais vous, je ne sais pas. Donc patience ! »

Je ne répondis rien et nous atteignîmes les portes du parc après quelques minutes de marche. Nous commençâmes de cheminer dans l'allée du sud, où les marmots sont moins nombreux, et où, ce matin-là, il n'y avait presque personne. Nous étions à la fin de mars. Le vent était faible. On goûtait un soleil intermittent et indulgent. Personnellement, je n'avais pas froid et je fus étonné quand j'entendis Himer éternuer.

Il éternua sept fois de suite, et de façon violente, brutale, sans mettre son mouchoir devant son visage. Il donnait le spectacle d'un homme qui s'abandonne à des réflexes, comme dit le savant russe... vous savez de qui je veux parler, oui, à des réflexes dont je ne pouvais imaginer la cause ni les conditions.

— Vous êtes enrhumé, lui dis-je.

De la tête, il fit « non ! » Puis il esquissa un geste comme pour me dire qu'il s'agissait d'un comportement personnel qui, somme toute, ne me regardait pas.

J'eus toutefois le temps de faire des réflexions et de tirer la conclusion de ce bref épisode. Himer semblait calme en toutes circonstances. Il semblait vraiment maître de lui. Une seule chose me donnait à comprendre qu'il était capable de violence et c'était cet éternuement, ce réflexe explosif, qu'il ne pouvait éviter ni déguiser, et qui trahissait les profondeurs de son caractère.

Nous fîmes encore quelques pas et, sans doute pour donner du champ à la plus naturelle des curiosités, je dis, entre haut et bas :

— En m'en tenant à tout ce que je sais de vous, à tout ce que vous m'avez dit de vous-même, je pensais que vous n'étiez pas favorisé de la foi. Vous êtes-vous converti, depuis notre dernier entretien ?

Himer s'arrêta, sourit avec calme et dit, d'une voix bien articulée :

— Favorisé de la foi ? Quelle foi,

s'il vous plaît ? Je suis favorisé de ma foi personnelle. C'est quelque chose.

— Votre foi personnelle ? Mais le mot de religion signifie « ce qui relie »...

— Je sais, je sais : un type de mes relations, qui est très calé sur les problèmes de la langue, m'a raconté la même chose, un jour que je le ramenais en avion de je ne sais plus où, du Liban, oui, du Liban. Il était allé rendre visite au pape des maronites. Des catholiques, à leur manière, paraît. Vous me demandez si je me suis converti... Il me semble que vous comprenez très mal mon cas personnel. J'ai trop de confiance en mon Dieu, pour me convertir à la religion de tous. Je parle de mon Dieu, à moi. On dit : « La religion est ce qui relie. » Oui, sans doute, et je vais prier dans les églises, quand j'en trouve le temps. Mais mon Dieu n'est certainement pas celui des autres. Pensez à une grande ville où l'on peut rencontrer deux millions de chrétiens, et dites-vous que cela correspond à deux millions de dieux différents. Oh !

je sais ! L'Eglise a fait de grands efforts pour unifier toutes ces représentations diverses. Mais un ramoneur ne peut pas se représenter son Dieu comme fait un prince ou comme fait le pape. Les peintres... Ah ! parlez-moi des peintres et des sculpteurs. Ils nous ont tous montré des figures de leur Dieu; mais leur Dieu ne ressemble jamais au mien. C'est peut-être pourquoi le vieux Moïse, qui était un bonhomme de grande intelligence, avait interdit aux hommes de faire des représentations de celui qu'il appelait l'Eternel. Moi, j'aime Jésus, je l'adore à ma façon, mais mon Jésus n'est pas le vôtre, monsieur Chédevièle.

Il y eut un grand silence, à peine troublé par les cris des enfants qui faisaient des châteaux de sable. Et, tout à coup, Himer se reprit à parler.

— Me convertir ! Je ne suis pas si égoïste. Je veux connaître mes défauts et tâcher de m'en corriger. Tous les gens que j'ai fréquentés et qui se sont convertis, solennellement, parfois même publiquement, sont demeurés ce qu'ils étaient par nature. Non! Non! Ils n'ont pas changé. Les anxieux sont restés anxieux. Les méchants sont toujours méchants. Seulement, dans leur for intérieur, ils sont moins malheureux. Ils se trouvent des excuses. Quand un homme se convertit, il apprend à régler ses petites affaires tout seul. C'est déjà cela.

— Mais, dis-je, après avoir laissé passer un léger coup de vent, mais comment conciliez-vous votre... votre foi — je n'ose plus dire votre religion — avec votre passion du jeu?

Himer secoua la tête non sans mauvaise humeur.

— Je vous ai, dit-il, déjà parlé de cet étrange problème. J'aime et respecte mon Dieu. J'ai la plus grande confiance en lui. Je lui laisse le soin de me juger et j'attends ce jugement, tête basse. Au figuré, vous m'entendez bien. Je joue pour laisser Dieu me manifester le sentiment qu'il a pour moi. Si je perds, — au jeu, bien entendu —, c'est que Dieu n'est pas content de moi. Un avertissement. Comprenez ? Si je gagne, c'est que Dieu me fait confiance. Et mon Dieu ne peut pas se manifester plus clairement. S'il décide un jour de m'abandonner, il me le fera comprendre. Pour le reste, je ne le rends pas responsable d'un fil électrique mal attaché, d'une faille dans l'acier d'une conduite, d'une goutte d'eau dans l'essence. Ne mêlons pas le technique et le sacré. Je vous l'ai dit déjà, mon cher.

Nous étions arrêtés l'un en face de l'autre contre un banc de bois et nous nous regardions fixement, soudain.

— Bonne chance! dis-je enfin, à mi-voix.

Himer leva les épaules et, de manière insensible, toucha le bois qui se trouvait à portée de sa main.

— Etes-vous superstitieux? lui dis-je, tout à trac.

— Après ce que je viens de vous expliquer, murmura-t-il, la superstition serait une inconséquence, une sottise. J'ai connu un vieux type, encore un savant, qui étudiait la superstition chez les sauvages, chez les Papous, exactement. Il m'a expliqué, un jour, que ces bougres-là cultivaient toutes les superstitions mais que, pour chacune d'entre elles, ils avaient un procédé de contre-superstition, propre à réduire le mauvais sort, alors que nous, les civilisés, nous avions oublié presque tous les remèdes à nos superstitions innombrables. Les Papous sont donc plus civilisés que nous, faut-il croire. Quant au geste de toucher du bois, c'est ma dernière contre-superstition, et je ne cherche pas à m'en guérir. J'ai même un petit cure-dent japonais, en bois, dans le gousset de mon veston. Il faut penser à tout ! Dans les avions il n'y a plus aucun objet de bois. Ah ! Attention ! J'allais oublier... Mille excuses. Voilà vos billets. Là, dans cette enveloppe. J'attendais de vous rencontrer. Ne remerciez pas votre Dieu : il n'a rien à voir dans la chose. C'est une affaire entre mon Dieu et moi. Mon Dieu, à moi. Compris ?

Chapitre sixième

A peine l'enveloppe remise, Himer disparut, par l'une des voies qui vont vers la rue de Monceau. Non sans honte, j'avoue que l'idée me vint de voir quel était le contenu de l'enveloppe. C'était un geste absurde et imprudent. L'enveloppe était pleine de billets de cinq mille francs ? Allais-je les compter ? Ç'aurait été mettre le comble à ma sottise ; car j'aperçus un bonhomme non pas misérable, mais assez bien vêtu, comme le sont, paraît-il, les membres des bandes organisées, des « gangs », pour parler à l'américaine, ce que je n'aime pas. Il paraît que ces gaillards-là sont tout à fait comparables à des employés d'administration. Ils reçoivent et ils transmettent des consignes. Il font partie d'une hiérarchie. Et je pense que, dans les grandes occasions, il doit y avoir des réunions « à l'échelon le plus élevé », des réunions « au sommet », et que tout cela doit se tenir dans le sous-sol d'un bistrot accrédité, autour d'une « table ronde », c'est-à-dire d'une table carrée, comme presque toutes les « tables rondes ».

Je fis glisser l'enveloppe dans la poche intérieure de ma veste, je tournai le dos et relevai la tête, pour montrer que je n'étais pas particulièrement chétif. J'avais remarqué, du côté du boulevard Malesherbes, deux gardes qui devisaient dans la paix dominicale. Je résolus de sortir par là : on ne sait jamais... Dix minutes plus tard, j'avais perdu de vue mon gaillard au coup d'œil indiscret et je descendais sans hâte vers l'église de Saint-Augustin.

Je ne fréquente pas, d'ordinaire, cette église-là. S'il m'arrive d'y entrer, c'est pour un mariage, ou pour un enterrement. Je fus pourtant saisi par un impérieux besoin de pousser l'une des portes et d'entrer. La grand-messe était achevée. Il devait être beaucoup plus de midi. J'allais me voir dans l'obligation de supporter le regard de reproche que m'adressait ma chère Béatrice quand j'arrivais à la maison avec un trop grand retard. Mais, justement ce jour-là, en remontant, à neuf heures, la pendule de la salle à manger, je l'avais subrepticement retardée d'un bon quart d'heure, par prudence.

Je pouvais toujours, si le déjeuner n'avait pas été prêt, brandir ma montre-bracelet qui, elle, est, par principe, exactement à l'heure de la radio. Et puis, je savais que Béatrice allait à la messe, de son côté. Pour des raisons obscures et que nous n'avions jamais abordées dans nos discussions fraternelles, Béatrice allait entendre une messe basse à Notre-Dame-de-Lorette. Ce qui prouve bien que... Non, non! Ne parlons pas tout de suite de ce grave et mystérieux problème.

Je me mis à ramper dans un des bas-côtés de l'église de Saint-Augustin. Je fus sur le point de tirer l'enveloppe remise par Himer, et ce geste m'inspira tout aussitôt de la honte. Allais-je m'aviser de compter l'argent rendu, là, sous l'œil des figures sacrées ? Non ! Non ! Je naviguais dans l'absurde. Et si, par hasard ou par hâte, ou par maladresse, il m'arrivait de trouver un billet de moins, que pourrais-je dire à Ernest Himer ? Nous n'avions pas signé de papier. Nous cheminions, à tâtons, dans l'extravagance.

A ce moment de mes rêveries, je m'agenouillai, presque sans le voir, sur un des prie-Dieu qui se pressaient, encore en désordre, tels que les avaient laissés les fidèles de la grand-messe, et je me surpris à bredouiller, presque au hasard, mais à voix basse, des paroles désordonnées : « Mon Dieu, disais-je, aidez-moi, je vous en supplie, à retrouver ma route, à voir clair, à me comprendre, à comprendre les autres hommes, à comprendre ce déraisonnable Himer. Si vous l'avez placé sur ma route, n'est-ce pas pour m'éprouver, mon Dieu ? »

Ainsi parlant, je m'aperçus, soudain, que je venais d'être ressaisi par cette foi voltigeuse et capricieuse sur laquelle je ne peux jamais compter et qui me manque si souvent à l'heure où elle me serait si nécessaire. En même temps, j'eus la certitude presque aiguë, presque fulgurante que j'attachais au nommé Ernest Himer plus d'importance qu'il ne méritait, peut-être. Et, comme je continuais, la gorge serrée, de répéter « Mon Dieu, mon Dieu ! » je fis une réflexion très désagréable et qu'il m'était impossible de ne pas faire. « Mais alors, Himer a raison. Je dis mon Dieu ! comme Himer et comme tout le monde. Ce Dieu que j'appelle au secours, ce n'est pas le Dieu de tous les hommes, c'est mon Dieu personnel, mon Dieu à moi. Tout s'embrouille. J'étais déjà passablement inquiet, est-ce que cette malheureuse histoire va me brouiller définitivement la comprenette, comme disait notre maman quand elle nous trouvait perplexes et nous voyait hésiter ? »

Il me faut croire que cette prière bredouillante n'était pas sans vertu, car je sortis de l'église et regagnai d'un pas rapide notre rue Tronchet. Je vous ai dit que nous habitions deux petits logements voisins, ma chère sœur Béatrice et moi. En fait, c'est une division purement théorique : nous avons, depuis huit ans, avec l'autorisation du propriétaire, fait percer une porte entre nos deux « chez nous », une porte qui n'est jamais fermée, pas même les jours de mauvaise humeur, je veux dire les jours où je ne suis pas digne de Béatrice et de son affection.

Ce jour-là, je montai l'escalier à toute vitesse, trouvai la clef sur la porte — une chose que je ne peux souffrir mais dont je n'ose parler —, pénétrai dans le petit vestibule, toujours à toute vitesse, et, avant même que de gagner la salle à manger, passai dans ma chambre pour y mettre ma veste d'intérieur qui connaît toutes mes habitudes, qui est plus chaude, plus souple, plus large que mes deux vestes ordinaires.

Déjà la voix de Béatrice, calme comme celle de Minerve — je parle de Minerve comme si je l'avais connue personnellement —, déjà la voix de ma chère sœur venait jusqu'à moi.

— Je me doutais que tu serais en retard, disait-elle. Aussi, j'ai fait un petit ragoût de mouton. Cela peut attendre.

J'ouvris donc la porte de la salle à manger. Le sourire de Béatrice, l'odeur du ragoût, la douce chaleur du petit poêle à bois, tout cela, par un jour ordinaire, aurait pu m'arracher un sourire. Mais je me sentais le front plissé de soucis inexplicables.

Je posai, presque au vol, un imperceptible baiser sur le front de ma chère Béatrice et je m'assis à ma place, les jambes raides.

Je vous l'ai dit, Béatrice est un ange. Elle comprit tout de suite que je n'étais pas tranquille, pas heureux même. Et elle se mit, en silence, à me servir, en choisissant les morceaux qu'elle savait que j'apprécie d'ordinaire.

Repas silencieux. J'aurais, à ce point de la journée, j'aurais été dans l'impossibilité d'expliquer les raisons de cette humeur détestable qui passait, de minute en minute, sous la peau de mon visage et de mes mains comme le frisson d'un courant inconnu sous le miroir d'une eau morte. Mais, avec Béatrice, je pouvais m'offrir le monstrueux égoïsme de ne penser qu'à moi. Et c'est peut-être le grief le plus étonnant que j'éprouve contre ma sœur : elle m'a rendu, par sa bonté, parfaitement égoïste. Il ne faut pas tout céder aux gens que l'on aime.

Le déjeuner non pas savouré mais expédié, je m'enfonçai dans un magazine. J'y étais jusqu'au cou, regardant des images absurdes et cherchant en vain l'endroit où la publicité cédait le pas à la littérature, si j'ose prononcer ce mot.

Je fus tiré de cette expédition aventureuse par la voix de Béatrice. Elle disait, cette voix musicale et toujours *andante* — pas plus, ni moins, ni *allegro*, ni *adagio* —, elle disait :

— Où faut-il mettre cet argent que tu as dans ta veste ?

C'était vrai ! J'avais complètement oublié les cent mille francs d'Ernest Himer. Je veux dire les cent mille francs rendus par Ernest Himer.

— Oh! dis-je. Laisse tout cela dans le vide-poche. C'est de l'argent du bureau.

— Tu as donc passé au bureau, aujourd'hui dimanche ?

— Oui, une affaire avec le bonhomme des carburants, celui qui appelle son essence *perfect* et qui est en procès avec un marchand de produits pharmaceutiques, à cause de ce nom.

— Mais, dit la paisible voix de Béatrice, il y a un billet de cinq mille francs avec un papier et une épingle de nourrice. Et attends ! Attends ! Je lis sur le papier : « Intérêts exceptionnels. » Qu'est-ce que cela veut dire ?

— Je ne sais pas, dis-je, la voix hargneuse. Je regarderai la correspondance, au bureau, demain.

Béatrice ne répondit pas et je l'entendis bientôt qui brossait ma veste. J'étais au comble de l'exaspération. Himer allait-il me donner des intérêts sur ses gains au jeu ? Et s'il perdait, ce qui lui arrivait souvent, allait-il me réclamer une part de sa perte ? Ainsi donc j'étais compromis dans les aventures de ce personnage inquiétant !

Je me pris à murmurer : « Que faire, mon Dieu ? » Et, tout aussitôt, je sentis se crisper les traits de mon visage. Il m'avait semblé, ce matin-là, que je retrouvais, à Saint-André, la pure joie d'être avec des frères, des hommes de ma foi. Et je disais « mon Dieu » comme l'exaspérant Himer. Et puis je venais de mentir. Beaucoup pour une seule journée ! Allais-je dire « notre Dieu » ? Non, tout cela ne regardait que moi.

Chapitre septième

J'attendis deux jours. Plus exactement, j'attendis une visite d'Ernest Himer, et il vint me voir, au bureau, deux jours plus tard. Il avait été jusqu'à Villefranche-sur-Mer, conduire un diplomate abyssin qui a une villa sur la Côte d'Azur, comme tous les diplomates du monde, paraît-il. Les Tchar entretiennent des relations suivies et mystérieuses avec les Ethiopiens.

Himer s'assit, sans que je l'en eusse prié. Il était devant mon bureau; je pouvais, sans me tordre le col, regarder attentivement son visage. Je le trouvai calme et souriant :

Sans perdre une minute, d'ailleurs, je sortis mon portefeuille et en tirai le billet de cinq mille francs qui se trouvait plié dans un papier tenu par une de ces agrafes appelées « trombones », un papier sur lequel on pouvait lire : « Intérêts exceptionnels. Merci ! »

— Permettez-moi, dis-je, d'une voix que je voulais plus indifférente, mais en vain, permettez-moi de vous rendre cette somme qui ne m'appartient pas.

— Mais, répondit Himer sans prendre ce que je lui tendais, vous êtes un homme d'affaires...

— Hum ! fis-je d'une voix bourrue.

— Oh ! je n'attache pas à ce mot un sens péjoratif, je vous prie de le croire. Mais vous dirigez un des départements de la Compagnie. Vous traitez des affaires. Vous servez ou recevez des intérêts, toujours pour la Compagnie, je l'entends bien. Je ne doute pas de votre désintéressement. Vous m'avez rendu, l'autre jour, un service. Alors, en vous marquant ma reconnaissance, je vous prie d'accepter aussi quelque chose comme un intérêt.

— C'est un bénéfice que j'estime beaucoup trop élevé. Si je demeure sur ce terrain que vous dites celui des affaires, je suis obligé de répéter que cet intérêt est beaucoup trop élevé. Si vous vous en tenez au simple calcul, l'intérêt de la somme prêtée pendant dix jours n'irait pas même à cent cinquante francs. Vous souriez, vous allez peut-être me dire que vous voulez me manifester votre amitié, votre reconnaissance...

— Et vous vous défiez de ma reconnaissance, dit Ernest Himer, impassible.

— Non, fis-je. Non, je vous assure. Mais vous me traitez quand même en homme d'affaires et vous m'enlevez le genre de plaisir que je pourrais trouver à vous rendre service.

Himer fit, de la tête, à plusieurs reprises, le signe de la négation.

— Laissez-moi vous dire que vous vous trompez. Il est apparemment impossible aux hommes de s'entendre, même sur les problèmes les plus simples. J'ai joué, de nouveau. Pourquoi vous le cacher ? J'ai joué et j'ai gagné. Un gain non médiocre, je vous prie de le croire. J'avais été faire une longue et pressante prière à mon Dieu, dans une petite chapelle que j'aime beaucoup et où je n'ose aller que pour des circonstances graves. Mon Dieu m'a entendu et il me l'a fait savoir, comme il le fait d'ordinaire quand il est content de moi. Il m'a, du même coup, prié de vous restituer mon dû, permis aussi de vous dédommager. Cela n'entraîne, de votre part, aucune action de grâces. Tout cela s'est passé, comme toujours, entre mon Dieu et moi. Je vous serai reconnaissant de n'adresser aucune prière particulière à mon Dieu personnel. D'ailleurs, il ne comprendrait peut-être pas votre langage, du moins, il n'en ferait pas état. Mais en ce qui concerne votre Dieu, à vous, je ne me permets pas de vous donner le moindre conseil.

— Avez-vous, dis-je, les sourcils froncés, avez-vous un livre de messe, je veux dire un livre de prières ? Le lisez-vous parfois ?

LE COMPLEXE DE THÉOPHILE

— Je vous en prie, répondit Himer, ne vous trompez pas sur mon cas. J'ai plusieurs livres consacrés à l'office divin et je les lis chaque jour, mais non sans réfléchir, à ma façon. La plupart des chrétiens qui usent leur missel et en cornent toutes les pages ne savent pas que sept sur dix, au moins, des prières qu'ils répètent, les uns avec ferveur, les autres comme ferait une honnête mécanique, ne savent pas, vous dis-je, que ce sont des prières juives plus ou moins transformées. Neuf sur dix de ces honnêtes gens croient faire un acte de foi désintéressé; mais, en fait, ils pensent à leurs petites affaires, je vous l'ai déjà dit. Ils s'adressent à leur Dieu personnel, même quand ils disent « nous », et ils ont presque toujours un souci très précis et très médiocre, celui de faire, par exemple, l'échéance de la fin du mois, ou celui de moins souffrir de leur névralgie intercostale.

— Et vous, m'écriai-je avec agacement, vous priez votre Dieu de vous faire gagner à la roulette, ou à je ne sais quel jeu. Est-ce plus sérieux, plus noble ?

— J'ai le regret de vous dire, articula nettement mon visiteur, que vous semblez ne pas avoir très bien compris ma doctrine personnelle. Je pratique les jeux de hasard pour me remettre entre les mains de mon Dieu dans des circonstances où il est seul capable de me marquer sa sollicitude. Mais le jour où mon Dieu m'aura prouvé, de façon nette, à dix reprises, qu'il se désintéresse de moi, je deviendrai peut-être un moins bon pilote d'avion.

— Récitez-vous, dis-je encore, récitez-vous parfois le *Pater*, le *Notre Père*, si vous aimez mieux ? N'y voyez-vous pas une noble tentative pour sortir de l'égoïsme ?

— Il est possible qu'il en soit ainsi pour certains esprits élevés. La plupart des autres, quand ils parlent du pain quotidien, songent à la table de famille. Et même les esprits les plus élevés, comme je viens de vous le dire, assouvissent leur égoïsme par une débauche d'altruisme. Ils pensent : « Si je rends service aux autres, je me montrerai plus grand que les autres, meilleur que les autres, et, finalement, j'irai au ciel. »

— Vous êtes terrible, fis-je en me levant d'un bond. Vous me donnez l'envie de sortir, d'aller jusqu'à Saint-Roch ou ailleurs, de descendre dans la crypte, de me jeter par terre, à plat ventre, et de supplier Dieu de me reprendre la vie, de me faire mourir.

— Egoïste ! dit placidement le visiteur. Et qui permettra de survivre à cette sœur dont vous m'avez parlé parfois comme d'une sainte, mais que vous aidez en lui donnant le vivre et le couvert ?

Là-dessus, Himer me tendit une main fort énergique, une main que je n'eus pas le courage de refuser, et il sortit en laissant sur ma table le papier et le billet de banque. J'étais au comble de la colère et du désarroi.

Quelques jours passèrent. Le printemps multipliait ses sourires et ses charmes :

je ne voyais rien, je ne sentais rien, je ne jouissais de rien. Le soir, Béatrice me regardait avec vigilance. Je songeais : « Elle prie pour moi, sans aucun doute, et cela signifie qu'elle prie pour que je continue à faire vivre la maison. En somme, elle prie pour elle. » J'étais très malheureux. J'avais inventé, jour à jour, minute à minute, une prière parfaitement ridicule. J'entrais dans toutes les églises que je trouvais sur mon chemin et je sanglotais, je bredouillais : « Seigneur mon Dieu, donnez-moi la chance de faire une très bonne action, de me sacrifier. Et tout aussitôt, tuez-moi et envoyez-moi au plus noir de l'enfer, pour que ma bonne action ne soit pas intéressée. Seigneur, mon Dieu, prouvez-moi, comme vous le voudrez, que la vertu n'est pas le résultat d'un calcul, que vous êtes le Dieu de Béatrice comme le mien, le Dieu de ce terrible Himer comme le mien, le Dieu de tous ceux qui souffrent et qui ne peuvent même pas souhaiter de ne plus souffrir sans vous prouver qu'ils ne songent qu'à leur intérêt personnel. »

J'étais au plus sombre de cette méditation sans issue, quand j'eus lieu de faire le voyage de la Côte d'Azur, pour aller porter un message secret à un personnage qui venait du Cachemire et devait partir très vite vers le Paraguay. Le message porté, nous demeurâmes vingt-quatre heures à Nice. Au retour l'avion était vide et je passai la plus grande partie du temps dans la cabine, avec Himer, pendant que le bonhomme de la radio dormait, assez loin de nous.

Nous étions peut-être à moitié du chemin quand Himer me dit, soudain, sans quitter les leviers de commande :

— Pouvez-vous me prêter cent cinquante mille francs ?

J'attendais presque une question telle.

— Vous avez encore perdu au jeu ? murmurai-je.

— Sans doute ; mais ayez la bonté de ne pas me poser de questions. Je vous ai dit tout ce que je pouvais vous dire sur le problème de mes relations avec mon Dieu.

— Oui. Et s'il m'était impossible de vous faire ce prêt ?

— Alors, je me tuerais.

— Savez-vous que c'est une menace, une menace étrange, mais une menace quand même. En somme, je suis le responsable.

— Exactement, tout comme je suis, en ce moment, le responsable de votre vie et de la vie de l'autre, là-bas, de celui qui dort. Nous sommes tous des responsables.

— Bon. Quand voulez-vous l'argent ?

— Tout de suite, si possible.

— Tout de suite ? Mais vous n'allez pas payer vos dettes ici, au-dessus de la vallée du Rhône ?

— Non, mais tout à l'heure, en arrivant. Et quand je tiendrai votre chèque, je conduirai plus tranquillement.

J'allais lui dire : « C'est du chantage. » Mais je me contentai de tirer le carnet de chèques et le posai sur mon genou.

LE COMPLEXE DE THÉOPHILE

— Attention aux trous d'air, dis-je le plus sérieusement du monde.
— Rien à craindre pour le moment, répondit Himer sur le même ton.

Chapitre huitième

Pendant quelque temps, je cessai de penser assidûment à Ernest Himer, à sa passion, à ses exigences, à son Dieu qui, j'étais bien obligé de le reconnaître, ne ressemblait pas du tout au mien. La compagnie T.K.V.T. avait alors, et même depuis des mois et des mois, d'étranges difficultés avec un bonhomme de la S.M.U.T. Ce personnage, en fait, n'appartenait pas à la S.M.U.T., qui est, vous le savez, une importante compagnie pétrolière dont le siège est sur le golfe Persique ou quelque part dans cette région du monde. Mais, seul de son gouvernement, il avait entrepris de faire interdire le survol de son pays par les avions, quels qu'ils fussent. J'avais fini par comprendre, à force de souder des renseignements épars, que le monsieur en question, qui s'appelait ou se faisait appeler Alkator, oui, Méchir Alkator, exactement, entendait arracher aux dirigeants de la compagnie Tchar un pot-de-vin monstrueux, si j'ose employer ce mot pour des gens qui ne boivent pas de vin quand ils s'en tiennent à la lettre de leur foi, du moins de cette foi particulière qui est leur façon de comprendre la foi générale, celle d'un peuple, celle d'une réunion de peuples.

Ici, j'ouvre une parenthèse, si vous me le permettez. J'avais, entre temps, fait effort pour rétablir, dans mon esprit, l'ordre cruellement menacé par les pensées de Himer. Que chacun se fasse une image personnelle de son Dieu, cela n'a, somme toute, pas d'importance, pourvu que chacun se plie aux disciplines d'une immense société qui reconnaît, vaille que vaille, la même morale. J'avais parlé de cela, à mots couverts, dans la fin de notre voyage avec Himer. Nous devions alors passer au-dessus de Moret, et le radio dormait toujours, ce qui n'avait aucune importance, parce qu'en cas d'appel Himer pouvait répondre sans quitter de l'œil ou du doigt les organes de la direction. Je lui avais dit, comme cela, au hasard : « Tu aimeras ton prochain comme toi-même. » Pour voir, pour tâcher de trouver le point sensible, et Himer m'avait répondu, de sa voix glacée : « Tant pis, alors, parce que moi, je ne m'aime pas du tout. »

Mais revenons aux difficultés que je croyais comprendre, aux difficultés de la Compagnie T.K.V.T., à ces difficultés dont, à vrai dire, on ne me faisait pas confidence, mais dont les échos arrivaient jusqu'à mon oreille et me donnaient à rêver.

Je vous l'ai dit, mon bureau personnel est rue des Pyramides. La Compagnie dispose là d'un grand appartement qui occupe tout le premier étage de l'immeuble. Les autres étages sont réservés à plusieurs autres administrations. Et l'on peut se demander où couchent tous ces pauvres bureaucrates. Dans quelque lointaine banlieue, probablement. Il n'y a plus de place au monde que pour la paperasserie. Nous avons beaucoup de chance, Béatrice et moi, d'avoir nos logements rue Tronchet; mais, d'abord, nous sommes sur la cour, et c'est assez sombre, ensuite nos quatre chambres sont très petites et l'administration veut pouvoir prendre ses aises. Enfin, tout cela durera jusqu'au jour où l'on jettera notre vieille maison par terre pour construire un bâtiment de vingt-quatre étages, entièrement réservé, par exemple, aux services de la Sécurité Sociale.

Rue des Pyramides, j'occupe une seule pièce. Mes visiteurs, ceux qui viennent me voir pour une affaire de carburants ou d'huiles de graissage, doivent attendre dans un étroit couloir. La pièce voisine de la mienne est réservée aux potentats de l'avenue de l'Opéra, qui n'y travaillent pas régulièrement, mais qui, pour des raisons dont on ne m'instruit pas, y viennent parfois recevoir un personnage ou parler entre eux à voix couverte.

En fait, leurs voix sont couvertes jusqu'au moment où elles montent et se découvrent, parce que les intérêts ou les passions entrent en jeu.

Je vous ai dit que je n'entends pas le « tchar », enfin leur langue nationale. Je comprends assez bien l'anglais et je l'ai fait savoir à mes chefs. En revanche, et peut-être parce que l'on ne m'a rien demandé, je ne leur ai pas dit que j'entends l'allemand. Oui, j'entends l'allemand et la vie s'est chargée d'enrichir les connaissances que j'avais acquises au lycée : j'ai subi — ai-je oublié de vous en parler ? — cinq ans de captivité en Prusse orientale. J'ai non seulement appris l'allemand parce que l'on nous faisait travailler pour les Allemands, mais aussi parce que je me suis procuré un petit dictionnaire et une grammaire. En bref, je commençais d'être assez calé, quand les Russes, pour finir, sont venus nous délivrer. C'est une façon de parler, car leur manière de nous délivrer a d'abord consisté à faire l'examen de tout ce que nous avions sur nous. Ce n'étaient d'ailleurs pas des Russes de Russie, c'étaient des Tartares ou des Samoyèdes, on n'a jamais pu savoir. Les Allemands ne m'avaient laissé que ma montre-bracelet et ma chevalière. Les gens de l'Est et du Nord m'ont débarrassé, sans attendre une heure, de ces menus joujoux. Mes copains, ceux qui, comme moi, se trouvaient délivrés de tout, de la captivité comme de leurs derniers biens terrestres, ne répondaient à nos libérateurs que par une phrase bizarre. Ils disaient : « Ni peau, ni maille ». J'ai fini par savoir qu'ils résumaient ainsi certaines phrases que l'on prononce assez souvent en deçà et au-delà de l'Oural, une phrase qui se dit normalement « Ya nié ponimayou » et qui signifie, paraît-il : « Je ne comprends pas. » Depuis, vingt fois le jour, je murmure tout bas : « Ni peau, ni maille ! » Et cela signifie bien que je ne comprends pas, que je renonce à comprendre la vie.

Mais l'allemand, après cinq années de servitude, m'est devenu presque familier. Je ne suis pas de ceux qui écoutent aux portes. Vous voudrez bien croire que je suis trop fier. Toutefois, quand les gens de la pièce voisine se prennent à hurler, je ne vais quand même pas me boucher les oreilles.

Or, un jour, à la fin de l'hiver, je compris que les grands patrons se trouvaient réunis dans la pièce voisine et qu'ils parlaient en allemand. Ils n'avaient aucune raison de se méfier, puisque, en principe, personne, rue des Pyramides, n'était en état de comprendre, puisque je ne leur avais pas dit que j'entendais l'allemand, puisque, d'ailleurs, ils ne m'avaient rien demandé. Petit à petit, la conversation devenait de plus en plus véhémente. Si bien que je me demandais pourquoi ces messieurs se prenaient à gronder et même à gueuler, en abordant les questions qu'il eût été préférable de traiter à voix basse.

Tendant l'oreille, presque malgré moi, je finis par comprendre que l'on parlait de Méchir Alkator. Il allait bientôt venir à Paris. Il était, pour l'heure, à Oman et demandait tout uniment que la Compagnie T.K.V.T. l'y vînt prendre. Il était seul et point n'était besoin ni de fréter un grand avion, ni de dévier l'un des avions de la ligne régulière de Tvarnia-Paris, qui passe, normalement, à plus de deux mille kilomètres, au nord. Là-dessus, la conversation tourna soudainement à la querelle et je commençai de comprendre très mal ce que ces messieurs disaient trop haut pour qu'il fût possible de le saisir mot à mot.

J'étais plongé dans mes paperasses et j'eus alors la bonne idée de me mettre devant ma machine à écrire et de taper des comptes dont j'avoue qu'ils étaient peut-être fantaisistes.

Un moment plus tard la porte s'ouvrit et M. Dikadour, notre secrétaire général, dit, d'une voix trop chaude pour être calme : « Bitte ! Geben sie mir ein Glass Wasser. »

Je fus sur le point de répondre : « Ni

peau ni maille... » Mais je me ressaisis à temps et murmurai : « Pardon, monsieur le Secrétaire général, pardon ; mais je ne comprends pas. »

Chapitre neuvième

Chapitre neuvième

Un homme normalement constitué — je crois quand même que c'est mon cas — peut ne pas écouter ; il a toutefois beaucoup de peine à ne pas entendre. Je connais des gens qui crient, quand ils ne sont pas contents de ce qu'on leur dit : « Je vais me boucher les oreilles. » Ils le disent, mais ils ne le font pas. C'est une menace toute platonique. Ils esquissent parfois le geste ; ils mettent leurs mains à plat sur leurs oreilles et cela ne va pas plus loin. Boucher les canaux des oreilles, cela demande une certaine pratique et du matériel.

Il m'est arrivé, plusieurs fois dans ma vie, faut-il l'avouer? il m'arrive encore presque chaque jour de faire un effort acharné pour ne pas entendre. Parfois il s'agit d'un imbécile qui parle à côté de moi et qui dit des choses exaspérantes. Si je suis au restaurant, par exemple, je me dépêche d'avaler ma pitance. Il ne m'est pas toujours possible de cacher mon agacement, de tousser, de faire « hum » à plusieurs reprises, comme si j'avais un chat dans la gorge. — Tenez : encore une chose que je n'ose plus jamais dire à cause de nos rapports avec l'Iran. J'ai murmuré un jour devant notre correspondant à Tabriz que j'avais un chat dans la gorge; et il est allé tout de suite voir M. Dikadour, se plaindre et prétendre que je manquais de respect au chef du gouvernement de son pays. Il faut se défier de tout avec ces gens de l'Orient. Je vous dis et je vous répète que la vie n'est faite que de pièges inconcevables et de problèmes insolubles. J'ai failli, à cause de ce mal de gorge, perdre une situation qui me donne les plus grands soucis mais qui m'assure la subsistance. Bon! Revenons à tous ces malotrus qui tiennent des discours absurdes, à haute et insolente voix. Je peux encore quitter le restaurant si mes voisins m'assomment. Mais, dans le train ou dans l'avion, force m'est de rester en place et d'entendre sans écouter. La vie est un absurde supplice. Dans les périodes troublées, comme celle que nous traversons, je prends la radio, matin et soir, pour être au fait des événements du jour, qui sont presque toujours exaspérants ou désespérants ou absurdes. Dans le désir de ne pas manquer l'essentiel, je tourne le bouton quelques minutes d'avance. Force m'est d'entendre des chansons, des âneries, des musiques ridicules. Et voilà! Je ne peux pas ne pas les entendre. Dans la suite des jours, elles reviennent me tracasser. Je ne voudrais retenir que des thèmes sublimes. Quelle prétention! La mémoire n'est pas dominée par le sens critique : je retiens les niaiseries aussi bien que les plus belles phrases

de Bach ou de Mozart. Pauvre de moi!
Tout cela j'y reviens, pour vous dire que j'aurais donné le peu que je possède au monde pour ne pas entendre, malgré moi, oh! oui! malgré moi, malgré moi, ce qui se disait dans cette pièce voisine, pour ne pas, surtout, m'intéresser à ce que disaient les potentats de la T.K.V.T. dans leurs entretiens avec des personnes de moi tout à fait inconnues, mais qui parlaient très couramment l'allemand et dont je finissais par reconnaître très bien la voix et dont j'imaginais le caractère, sinon la personne physique.

Je multipliai les efforts, un moment, pour taper à la machine et faire le plus de bruit possible. Mais, d'une part, j'étonnais beaucoup ma secrétaire, qui, de son côté, copiait mon courrier dans la pièce voisine et qui me regardait parfois avec inquiétude. D'autre part, j'en étais à penser que si M. Dikadour et son adjoint, M. Bakelat, venaient à pénétrer soudainement dans mon bureau, comme c'était arrivé déjà, vous le savez, et s'ils s'avisaient de jeter les yeux sur mon dactylogramme, ils auraient fort probablement été surpris et ils auraient pu se demander si je devenais fou : je tapais des vers de Victor Hugo, simplement pour faire du bruit, simplement pour m'étourdir, pour me contraindre à une discrétion qui me devenait de jour en jour plus difficile.

Il y eut toutefois, dans cette période troublée, un répit, un entr'acte, un moment de calme, comme cela se produit parfois dans les maladies, dans les crises tragiques. Je compris, au vol, et en dépit des efforts que j'accomplissais pour ne rien entendre de ce qui se passait dans la pièce voisine, je compris que le fameux Méchir Alkator avait été, pour des raisons dont nul ne parlait, dans la nécessité de faire halte en Allemagne. Il avait eu là des entrevues avec plusieurs de ces personnes que l'on appelle des personnalités. Je compris, en fin de compte, qu'il voyageait sur un grand avion de la T.K.V.T., qu'il serait bientôt à Paris avec tous les employés qui formaient en quelque sorte son état-major, mais qu'il devait mettre au point, avec certains Allemands de l'Est, mystérieusement installés dans l'ouest, diverses conventions qui seraient finalement inquiétantes pour la république du Tcharmaniskan et en particulier pour la Compagnie T.K.V.T. Vous voyez que tout cela est d'une simplicité angélique.

Le plus curieux, puisque j'ai formé le projet de tout vous dire, puisque je vous ai choisi comme témoin dans l'absolu, le plus étonnant est qu'au début de cette malheureuse affaire j'avais fait le possible et l'impossible pour ne rien écouter et même pour ne rien entendre... Un moment vint pourtant où je me sentis intéressé par ces discussions et même par ces querelles qui se passaient dans la chambre voisine. Il m'arrivait, quand un des interlocuteurs baissait la voix, de quitter mon bureau et de me rapprocher de la cloison. Un jour même, le jour où je compris que l'inquiétant Méchir Alkator n'arriverait pas à Paris avant une semaine, je me surpris à coller mon oreille à cette cloison. Par bonheur, mon oreille était sèche et la cloison est recouverte d'un contre-plaqué bien verni. Voilà comment on peut être amené à renier la discrétion, presque sans le vouloir, pour s'abandonner à une curiosité voisine de l'espionnage. Mes excuses ? Une seule. J'avais le sentiment qu'un jour ou l'autre j'allais me trouver engagé dans ce mystère et qu'il convenait de ne pas arriver là comme un niais. A part cela, je continuais à renvoyer aux bureaux de l'avenue de l'Opéra les lettres rédigées en allemand, non sans ajouter sur l'angle du papier, à l'encre rouge, une phrase dont je me servais d'ordinaire, une phrase bien simple, mais qui devait, aux regards des chefs, marquer ma bonne foi : « Pour traduction. » — Ce que j'appelle ma bonne foi, c'est, sans doute, allez-vous penser, ma mauvaise foi. Telle est la vie. J'estime que les patrons de la Compagnie auraient bien pu m'adjoindre un secrétaire traducteur. Je compris assez vite que, s'ils ne le faisaient pas, c'était pour s'assurer d'un refuge où nul ne pouvait les comprendre, en cas d'un entretien avec leurs correspondants germaniques.

Une semaine passa donc, je vous l'ai dit, et je commençais de penser moins fiévreusement à la pièce voisine, qui demeurait silencieuse et fermée à clef, quand je reçus la visite d'Ernest Himer.

Il avait l'air sombre, le regard fixe. Je pensai tout d'abord qu'il était inquiet pour sa situation à la Compagnie. Depuis une dizaine de jours on ne lui avait donné aucune mission. Il passait à Orly chaque matin, voyait le mécanicien au sol, examinait l'appareil qui devait se trouver prêt à prendre l'air à toute heure, sur un ordre. Or, il ne venait aucun ordre. Est-ce à croire que Himer s'ennuyait ? Je pouvais me le demander. Il avait dû, en outre, apprendre que la mission qui devait remmener en Orient l'étrange et mystérieux Méchir Alkator s'était trouvée confiée à un des pilotes de la ligne ordinaire. Sans nul doute, Himer devait en avoir conçu de l'humeur, peut-être même de la rancune.

Il était assis devant moi, considérant d'un œil presque opiniâtre la pointe de mes souliers, qu'on apercevait sous la table, et dans lesquels je sentais se crisper mes orteils. Je m'attendais, d'une minute à l'autre, à l'entendre élever la voix pour dire quelque chose comme : « J'en ai assez ! Je quitte la Compagnie. Tous ces gens me dégoûtent... »

Je n'entendis rien de tel. Himer leva les sourcils et dit, la voix profondément calme :

— Donnez-moi cent mille francs, monsieur Chédevièle.

Aucune formule de politesse. Pas le moindre « s'il vous plaît ». Un impératif pur. Un ordre, somme toute.

Je m'aperçois, tout occupé que je suis de l'affaire de Méchir Alkator, je m'aperçois que j'ai tout simplement oublié de vous dire qu'Ernest Himer m'avait renvoyé, par chèque barré, cette fois, les cent cinquante mille francs que je lui avais prêtés à la fin de notre conversation dans l'avion. Il y avait joint sept mille francs... J'en avais d'abord été tout à fait exaspéré, puis j'avais haussé les épaules. J'étais prévenu. Si je refusais à Himer ce qu'il me demandait, si je refusais de jouer, pour Himer, ce rôle de banquier exceptionnel, il se tuerait. Il me l'avait déclaré. J'étais profondément ému à la pensée d'une telle responsabilité. Je regardais Himer avec angoisse.

Est-ce tout ? Ai-je tout dit au sujet de ces prêts successifs ? Non ! Non ! Je dois tout avouer. Je ne pouvais pas mettre ces « intérêts exceptionnels » sur mon compte en banque normal : c'est ma chère Béatrice qui tient les comptes de la maison. J'hésitais à me faire établir un compte à part, dans une banque différente. Je sentais que j'allais me trouver engagé dans le mensonge, et particulièrement vis-à-vis de ma sœur à qui je n'ai jamais rien caché. J'avais toujours souhaité une vie simple, claire, avouable en toutes ses parties sur la place publique et au grand jour. Et voilà que je me trouvais entraîné dans les aventures d'Ernest Himer, engagé dans ses combats contre le hasard, parfois même entraîné à évaluer les bénéfices que je pourrais recevoir dans cette exaspérante aventure. Je vous affirme que je n'aime pas l'argent, que je n'ai point souci de l'argent. Je vous répète que je ne joue jamais, que j'ai renoncé une fois pour toutes aux caprices, aux faveurs, aux trahisons du hasard. Mais je me répétais plusieurs fois le jour : « Si cet homme se tue, je porterai la responsabilité de sa mort. » Et cette angoisse morale se trouvait mêlée odieusement à de misérables histoires de billets de banque. Avouez que les pièges de la vie sont imprévisibles.

En écoutant Himer dire de sa voix glacée : « Donnez-moi cent mille francs », je compris qu'il m'était désormais impossible, pour mille raisons dont certaines étaient inavouables, de ne point obtempérer. Je sortis mon carnet de chèques et je commençai d'écrire.

Tout en écrivant, je réfléchissais à la conjoncture. Que si jamais Himer venait à se suicider, on fouillerait dans ses papiers. On y trouverait les talons des chèques. Tout cela risquait d'inquiéter la justice. En somme, je me lançais dans le plus confus de tous les drames de conscience.

Himer prit le chèque et le glissa dans son portefeuille. Il me tendit une main étonnamment raide et glacée, puis il partit, me laissant en proie aux plus sombres méditations.

Avant de rentrer à la maison, je fis un saut jusqu'à Saint-André d'Antin, et là, seul dans la chapelle vide, je murmurai une fervente prière : « Mon Dieu ! Eclairez-moi ! Dictez-moi la conduite que seul vous pouvez imaginer et conseiller. Je vous obéirai, Seigneur de ma vie. Je veux demeurer votre humble serviteur. »

Avant de rentrer rue Tronchet, je fis un détour pour passer à la Trinité. J'avais lieu de croire que c'était la paroisse choisie de Himer. Je me réfugiai dans un coin d'ombre et compris que je faisais une autre prière, presque sans le vouloir. Je disais : « O Dieu du malheureux Ernest

Himer! Guidez-le. Guérissez-le. Je ne vous demande pas de le faire gagner au baccara ou à la roulette. Non! Non! Je vous demande seulement de le guérir, d'avoir pitié de lui. »

Je revins chez moi par une petite pluie qui rendait les trottoirs glissants comme la vie. J'avais le sentiment d'avoir fait deux prières pour deux Dieux différents. Le monde tremblait sur ses bases. Mon angoisse était sans mesure.

Chapitre dixième

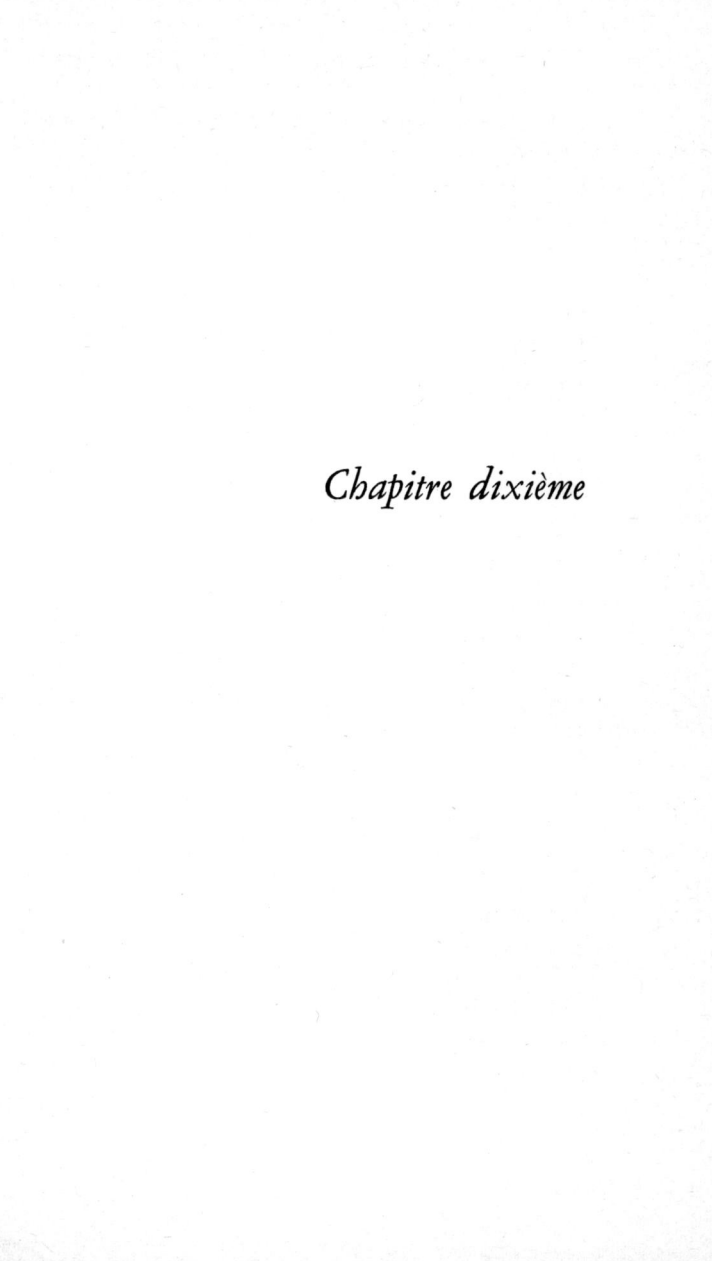

Ainsi donc, j'étais tourmenté de deux côtés : le drame de Himer aurait suffi, sans doute, à m'empêcher de dormir. Ce qui, tout au début, m'avait paru n'avoir que l'importance d'un épisode, dans la vie d'un homme naturellement inquiet, dans ma vie, cela soulevait en moi, désormais, une foule de problèmes dont la pensée empoisonnait mon loisir, mon repos nocturne et même, je dois l'avouer, mon travail. Je peux vous avouer aussi que je respectais mon travail sans toutefois le considérer comme une profession, comme un sacerdoce. Mais, et c'est le second drame auquel je me sentais inévitablement mêlé d'heure en heure, ce travail allait m'amener à être le témoin d'actes que je ne pouvais considérer sans réprobation, sans une invisible anxiété, à certaines heures, et même sans scrupules, comme vous le comprendrez bientôt.

Oui, j'entends bien, on pourra me reprocher d'avoir entendu, par hasard d'abord, et finalement d'avoir écouté des propos que j'aurais pu considérer comme étrangers à mon service et même à mes intérêts personnels. Mais quand les gens qui discutent dans la pièce voisine se prennent à crier, il faudrait être un saint, et se réfugier dans une prière toute puissante, pour ne rien entendre et pour se désintéresser de tout.

Or, je ne suis pas un saint, non, hélas! Je dis hélas! car si Dieu m'avait choisi pour être un saint je lui en aurais gardé une éternelle gratitude. Notez toutefois qu'en disant cela, je n'accuse pas l'être suprême de caprice et d'arbitraire. Il nous connaît mieux que nous ne nous connaissons nous-mêmes. Il a pesé tous nos mérites et tous nos défauts... Je m'arrête, car je ne voudrais pas aller au fond de certaines de mes pensées.

Après avoir pendant une semaine abandonné à la poussière le mystérieux cabinet voisin de mon bureau personnel, après m'avoir donné à croire que la mystérieuse affaire de Méchir Alkator allait bientôt tomber dans les tiroirs de l'histoire ancienne, les potentats de l'avenue de l'Opéra reprirent l'entretien momentanément interrompu. J'entendis un jour grincer la clef dans la serrure. Puis on remua les chaises, on ouvrit et l'on ferma des tiroirs. Enfin l'étrange querelle reprit flamme et je compris tout de suite que les administrateurs allemands étaient revenus et qu'ils apportaient des nouvelles.

Pénétré par un sincère désir de m'abstraire, de me purifier, de me tenir en dehors et au-dessus d'une affaire que j'avais déjà plusieurs raisons de juger louche, inquiétante et même alarmante, pour ne pas aller jusqu'au fond de ma pensée, je fis un sincère effort afin de me retrancher dans mon univers personnel qui me donne assez de soucis pour ne pas me permettre d'en aller chercher ailleurs. J'ouvris le registre de mes correspondances et commençai, pour la dixième fois peut-être, de noter au crayon rouge les remarques essentielles. Je me pris si bien au jeu que j'étais sur le point de m'endormir quand la porte de mon cabinet fut brutalement ouverte. Je vis entrer un bonhomme que je ne connaissais pas, un gaillard d'une cinquantaine d'années. Il portait le cheveu ras et il me fit penser, malgré que j'en eusse, aux officiers qui, pendant l'occupation, se pavanaient sur les boulevards parisiens comme sur le Kurfürstendam. Il me considéra quelques instants, pendant que je m'essuyais les yeux d'un air aussi niais que possible, et il posa sur ma table une feuille de papier sur laquelle on avait écrit deux ou trois lignes en allemand. Je lus : « Sämtliche Personen, welche der Suite des Ministers gehören, sind eingeladen, während seiner Reise in Paris zu bleiben. Alle werden in Hôtel Forneral intergebracht. »

Sans aucune peine, je traduisis mentalement ces trois lignes. Cela devait signifier : « Toutes les personnes qui composent la suite du ministre seront invitées à demeurer à Paris pendant son voyage. On les logera toutes à l'hôtel Forneral... »

— Que signifie ce texte ? demanda l'intrus d'une voix qu'il s'efforçait d'assouplir, mais qui demeurait impérieuse.

— Je suis navré, monsieur, répondis-je; mais je ne comprends pas le suédois.

— Ce n'est pas du suédois, gronda le bonhomme. C'est du finnois. Bonsoir!

Il sortit en claquant la porte et je l'entendis presque aussitôt pénétrer dans la chambre mystérieuse et relancer l'entretien en allemand.

Ainsi donc, mes voisins pour l'instant, c'est-à-dire mes patrons et leurs associés allemands, avaient des raisons de parler sans que je pusse les comprendre. Il n'en fallait pas plus pour me donner une lancinante envie de savoir ce qui se tramait à quelques mètres de mon oreille. Après tout, j'étais un employé de la maison, le chef responsable du service des carburants et des huiles de graissage. N'avais-je pas le droit de comprendre quelque chose au complot que l'on semblait avoir tant d'intérêt à tenir secret?

Je plaçai contre la porte une chaise sur laquelle j'accumulai une pile de dossiers et, pensant que j'étais ainsi prémuni contre l'entrée soudaine d'un scrutateur indiscret, je posai sans hésiter mon oreille contre la cloison.

Je vous l'ai dit, j'ai tiré tout le parti de mes cinq années de captivité. J'ai travaillé longtemps chez des fermiers qui me demandaient de grands efforts, mais ne me traitaient pas en esclave. J'ai pu me servir souvent de mon dictionnaire et de ma grammaire; j'ai même pu lire des livres qui se couvraient de poussière dans un placard. Enfin, je comprends l'essentiel d'une conversation. Cette conversation des pachas de la T.K.V.T. ne pouvait avoir lieu en « tchar » : personne en Occident ne parle le tchar. Elle ne pouvait pas avoir lieu en français, à cause des oreilles du personnel. Elle avait donc lieu en allemand, je vous l'ai dit, et je finis par comprendre, en effet, que le fameux Méchir Alkator était l'unique objet de l'entretien. Il s'agissait, très exactement, de le faire disparaître, de telle manière que l'opération n'eût pas l'air d'un assassinat. Les associés allemands, priés de trouver une solution à ce problème dans les précédents entretiens, n'avaient pu donner suite à ce charmant dessein pendant la semaine passée par Alkator en Allemagne. Ils remettaient aux potentats des bureaux parisiens de la T.K.V.T. le soin de mener l'affaire à son terme. Rien de plus simple, affirmait le butor qui était venu un quart d'heure avant me présenter un petit texte allemand comme du finnois, rien de plus simple : il convenait tout simplement de s'assurer des soins d'un habile mécanicien qui remplacerait une des pièces d'un des moteurs, voire de la direction, par une pièce apparemment semblable, mais brisée, enfin rendue terriblement fragile.

J'avais le sentiment, prêtant toujours une oreille bourdonnante d'émotion, que tous ces messieurs étaient des criminels très maladroits, que leurs inventions auraient fait sourire les vrais spécialistes du crime. J'apprenais aussi à mieux connaître le nommé Alkator, qui devait, lui aussi, à sa façon, être une fameuse crapule. Et moi, Théophile Chédevièle, j'allais peut-être, un jour prochain, par la nature même de mon emploi, me trouver en quelque manière associé à un forfait, à un crime politique, sans doute. A un crime quand même.

Je fus tiré de ces réflexions bouleversantes par une stridente sonnerie du téléphone. En une seconde, je déplaçai la chaise chargée de dossiers — on ne savait pas qui pouvait entrer. Puis je pris l'appareil et le mis contre mon oreille encore poisseuse, me parut-il, du vernis dont se trouvait recouvert le contre-plaqué de la cloison.

Ce n'était rien de grave, évidemment. Un bonhomme qui faisait des propositions touchant des produits pétroliers. J'eus vite fait de l'envoyer paître : je ne pensais qu'à cette cloison sur laquelle on aurait pu apercevoir la trace toujours un peu humide d'une oreille. J'y passai plusieurs fois mon mouchoir. Et puis... j'appliquai de nouveau mon oreille. Mais les comploteurs étaient partis. La salle de tous les secrets était muette et sans doute fermée. J'avais très mal à l'estomac. Une sorte de crampe. Ma façon à moi de ressentir, jusque dans mes viscères, le désordre et le profond malaise de mon esprit.

Le soir, à la maison, je dus attendre quelque peu le dîner. Ma chère Béatrice avait, dans le dessein de me faire plaisir, décidé de cuire des rognons au vin blanc. J'avais bien d'autres pensées que celles de la mangeaille. Je restais donc assis, devant la fenêtre de la pièce qui nous sert de salle à manger, et je regardais, vaguement, oh! très vaguement, dans la cour.

Je vous ai dit que nos logements donnaient sur la cour. Un restant de jour tombait d'un ciel couvert. Certains de nos voisins avaient déjà fermé leurs fenêtres et tiré leurs rideaux. On apercevait les autres en train de se déplacer dans leur chambre et de faire de ces choses sans intérêt qui sont le tissu de la vie. Voilà : ou bien la vie est faite de choses sans importance, et elle est terriblement ennuyeuse ; ou bien elle est faite d'événements graves, et elle devient aussitôt troublante, angoissante, dramatique le plus souvent.

Le couvert était mis. Je finis par tourner le dos à la fenêtre et m'assis à ma place, le menton sur la poitrine, la tête bourdonnante de questions que je me posais à moi-même et qui ne pouvaient que rester sans réponse.

Béatrice vint alors, portant la petite soupière. Elle la posa sur la table et se tint debout, une minute peut-être, en silence. « Bon ! pensai-je. Elle dit son *benedicite*, comme toujours, elle le dit tout bas. Elle ne m'associe pas à sa prière.

Je suis seul, seul, à côté de cette sœur exemplaire. »

Je trempai ma cuiller dans le potage et ne pus m'empêcher de penser : « Elle ne me demande pas de prier avec elle, sans doute parce qu'elle ne me juge pas à la hauteur de sa foi. Elle m'aime, mais elle me méprise. »

Je mangeai quelques bouchées du plat soigneusement préparé par ma chère sœur. Comme nous en arrivions au dessert et que j'étais de plus en plus tourmenté par ce que j'avais entendu, par ce que j'avais écouté, veux-je dire, rue des Pyramides, je dis, en repliant ma serviette :

— Béatrice ! Apprends-moi, je t'en supplie, à prier : je ne sais plus.

Béatrice n'eut pas l'air étonné. Elle fit seulement un sourire étrange, un sourire polaire.

— Je veux bien, dit-elle, t'apprendre certaines de mes prières.

— Pourquoi pas toutes ? dis-je encore, la voix rauque d'émotion.

Béatrice fit, des épaules, un geste vague :

— Que veux-tu, Théophile ? Nous n'avons ni le même âge, ni le même sexe, ni les mêmes pensées. Nous vivons ensemble et je te dédie, chaque jour, une action de grâces. Mais... Mais...

— Oui, je comprends, dis-je alors. Mais nous ne prions pas le même Dieu.

— Si, Théo, nous prions tous les deux Jésus, et son Père, et le Saint-Esprit.

— La Trinité, fis-je rêveusement, car je pensais d'abord à l'église de la Trinité, mais non à cette mystérieuse alliance de trois Dieux en un seul.

Béatrice ne dit rien. Un silence tomba qui dura longtemps. En somme, que je n'eusse pas le même Dieu que Himer, ce fou, cet égaré, cela pouvait s'admettre. Mais je n'avais pas le même Dieu que ma chère sœur, que l'être le mieux aimé de moi, le plus respectueusement chéri de moi... Voilà ! Voilà ! Voilà ! J'étais condamné à rester seul à jamais avec un Dieu, mon Dieu à moi tout seul. Et j'avais beau le prier, il se manifestait

LE COMPLEXE DE THÉOPHILE

bien rarement à moi, sa créature, son enfant, son adorateur unique et désespéré. Qu'avais-je fait pour mériter cette infortune ?

Chapitre onzième

Quelques jours passèrent encore, et, un soir, M. Dikadour entra soudainement dans mon bureau, je dis bien dans le bureau de la rue des Pyramides. M. Dikadour venait parfois, vous le savez, dans le mystérieux salon voisin de mon bureau; mais il n'entrait presque jamais chez moi.

M. Dikadour est un homme d'une soixantaine d'années. Il est vêtu comme un homme de l'Occident européen, comme vous et moi, mais il a la peau dorée que l'on voit aux Asiatiques du Sud occidental. Il a l'air tout à fait respectable, comme il convient à un personnage qui dirige les services d'une grande compagnie aérienne dans une ville considérable, à Paris. Il parle plusieurs langues et j'avais eu lieu de le constater. N'empêche que, dans sa façon de rouler ses yeux noirs, de cligner les paupières et de sourire, dans sa manière de traiter les affaires, dans les inflexions de son langage, il y avait quelque chose d'inexplicable et qui me faisait penser à certains marchands de tapis que j'avais rencontrés dans les villes d'Asie méridionale, de l'Asie légendaire où j'avais eu lieu de faire escale, pour les affaires de la Compagnie. J'ajoute aussitôt que j'étais employé à la T.K.V.T. depuis près de dix années et que je n'avais jamais eu lieu de me plaindre du personnel directeur de la maison.

— Depuis cinq minutes, dit M. Dikadour, je téléphone chez M. Himer. Aucune réponse. Il est pourtant convenu que, jusqu'à six heures du soir, M. Himer doit être prêt à répondre à nos appels.

— Monsieur le Secrétaire général, fis-je d'une voix neutre, il se peut que M.

Himer soit à Orly pour y surveiller son appareil et en parler avec Serge Popiloff, le mécanicien.

— J'ai téléphoné à Orly, répondit M. Dikadour en haussant les épaules. Aucune réponse. J'ai téléphoné au personnel de l'aéro-gare. On n'a pas vu M. Himer depuis hier.

Comme je gardais le silence, M. Dikadour, qui tenait une lettre dans sa main, la remit dans la poche de son veston et dit :

— Je voudrais gagner du temps. Le personnel de l'avenue de l'Opéra va quitter les bureaux dans cinq minutes, si ce n'est déjà fait. Voulez-vous nous rendre le service d'aller chez M. Himer, que vous connaissez bien, avec qui même vous avez souvent voyagé, et lui dire que je voudrais le voir demain, dans la matinée, le plus tôt possible ? Je l'attendrai à mon bureau, à mon bureau du premier étage, et qu'il se renseigne bien auprès du service permanent, celui du rez-de-chaussée, car demain est, je crois, un dimanche.

Nous étions effectivement un samedi et la journée s'achevait. Nos services ne peuvent fermer complètement aucun jour de la semaine, à cause des télégrammes, du téléphone, de la clientèle, des messages officiels. Le personnel se repose à tour de rôle du samedi matin au lundi soir, mais des secrétaires demeurent toujours à l'écoute. Quant au service d'Himer, je vous ai dit que c'était un service exceptionnel, occasionnel, un service d'urgence en quelque sorte, comme dans les hôpitaux. Himer, quand il n'était pas en l'air, devait se considérer comme de garde et se présenter, besoin étant, dans les deux heures.

— Bien, monsieur le Secrétaire général, dis-je en me levant, je vais faire l'impossible pour voir M. Himer et le prier de vous joindre dès demain matin.

M. Dikadour fit un léger signe de tête, un signe d'approbation, et disparut avant même qu'il m'eût été possible de prendre mon feutre et mon imperméable.

Trois minutes plus tard j'étais dans la

rue et je marchais, le long des maisons, en proie à mille pensées harcelantes, taraudantes, épuisantes somme toute.

Ernest Himer habitait dans le haut de la rue de Miromesnil. Je vous ai dit que je connaissais son ménage, sa femme, qui est une personne sévère, intelligente, instruite, aux cheveux déjà grisonnants, toujours soucieuse de sa nichée — quatre enfants de cinq à douze ans —, et qui ne prenait pas son devoir maternel à la légère. Connaissait-elle bien son mari ? Avait-elle eu l'occasion de l'apercevoir en proie à cette passion monstrueuse ? Etais-je le seul confident, le seul témoin de cette passion ? Mme Himer était très religieuse et j'en avais eu maintes preuves. Elle élevait ses enfants dans la discipline d'une foi très stricte. Himer avait assisté toujours, avec une étrange et sombre assiduité, aux cérémonies célébrées pour la naissance et la communion des enfants. Je l'avais aperçu, pour mon compte, deux fois en de telles circonstances. Il avait l'air d'un étranger ou d'un sourd. Pas un sourire, pas une syllabe. Il faisait pourtant le signe de la croix à certains moments, mais de façon telle qu'il avait l'air de se distinguer du groupe des amis, de s'en retrancher même.

Je pensais trouver plein de bruit et de jeux enfantins l'appartement de la rue de Miromesnil qui, comme le nôtre, comme le mien, donnait aussi sur une cour assez sombre. Il n'en fut rien. Le palier était désert, la porte d'Himer fermée, ce qui était fort naturel; mais, derrière cette porte, aucun mouvement, aucun rire, aucun cri. Un silence de plomb qui me serra le cœur. Je pensai tout aussitôt qu'Himer était absent, avec toute sa famille, et je me demandais si je n'allais pas tout simplement redescendre, quand l'idée me vint de tirer au moins la sonnette. Le bruit se perdit dans les profondeurs du silence et si je ne me retournai pas tout de suite pour prendre la rampe et m'enfuir, c'est que j'étais en proie à des songes très pénibles, absurdes même, et que vous comprendrez peut-être bientôt.

Soudain, derrière la porte close, à vingt centimètres peut-être de mon oreille, retentit une voix que j'eus peine à reconnaître. C'était bien la voix d'Ernest Himer; elle était toutefois surprenante : basse, monotone, sépulcrale, si j'ose dire.

— Qui est là ? disait cette voix.

J'articulai de mon mieux, mais non sans trouble :

— Théophile Chédevièle.

— Attendez, reprit la voix sans timbre.

Une longue minute passa. Puis la clef tourna dans la serrure et la porte s'ouvrit faiblement.

Himer était devant moi. Il portait une robe de chambre violette, sans ramages. Son visage était immobile, comme toujours. Sa poignée de main me parut glacée.

— Vous voulez entrer, quand même, dit-il inexplicablement. Eh bien, entrez.

— Je suis porteur d'un message, répondis-je, affectant, moi aussi, la froideur, bien que je sentisse mon cœur battre la chamade.

Himer haussa les épaules et dit :

— Entrez! Vous, je peux vous laisser entrer. Le message n'a plus aucune importance. Mais puisque Dieu m'envoie un témoin, je ne refuse pas le témoin.

Himer ferma la porte. Derrière lui, je traversai le petit vestibule et la salle à manger. Puis, comme Himer s'arrêtait devant la porte de sa chambre, je m'arrêtai tout près de lui et murmurai :

— Madame Himer et vos enfants ne sont pas là?

— Non, répondit le pilote. Non! Ils sont partis à la campagne. Et maintenant, entrez dans ma retraite.

Je connaissais cette pièce. Himer et sa femme faisaient chambre à part et cela peut s'expliquer : Himer, souvent en mission, pouvait sortir ou rentrer à toute heure du jour ou de la nuit. Je connaissais donc cette chambre. On y voyait une couchette sévère, d'allure militaire, une commode sur laquelle était posé un appareil de téléphone dont l'écouteur était décroché, comme jeté loin de l'appareil, ce qui me fit tout de suite comprendre pourquoi M. Dikadour avait inutilement multiplié les appels. On voyait enfin une table devant laquelle était une chaise assez rustique. Mais je ne pouvais plus détacher mes yeux de la table, car, sur cette table, j'aperçus une feuille de papier à moitié couverte d'écriture et, à côté de ce papier, un revolver.

— Asseyez-vous, Chédevièle, dit Himer en poussant vers moi un tabouret, et d'un geste tel que le tabouret tomba.

Je le relevai, m'assis, tête basse et reins pliés, sur ce siège humiliant, et laissai régner le silence. Alors, Himer :

— J'allais me tuer. La chose n'est retardée que de quelques minutes. Je vais seulement ajouter deux lignes sur ma lettre d'adieu, pour le cas où l'on vous aurait vu entrer dans la maison... Je n'entends pas laisser la police et les journalistes imaginer un drame terminé par un assassinat. Non, je me tuerai dans une heure.

De nouveau, le silence tomba. J'étais non pas bouleversé, mais anéanti. Mes idées s'entremêlaient dans ma tête comme des fils d'araignée par un jour de grand vent. Himer reprit, d'une voix lente et séparant bien les mots :

— J'ai perdu un million, sur parole, naturellement. Je suis ainsi renseigné sur un problème qui me torture depuis des années. Dieu, mon Dieu, qui m'a longtemps manifesté son indulgence et même sa sollicitude, Dieu se détourne de moi. Il est le maître de ce que l'on appelle absurdement le hasard. Il n'y a pas de hasard. Qui croit au hasard renie son Dieu. Je vous l'ai dit : la seule façon pour moi de connaître le sentiment de Dieu à mon égard est de me remettre entre ses mains, de jouer. Je joue pour connaître la pensée de Dieu. Voilà : Dieu me condamne. Je n'ai plus qu'à me tuer.

Je dis alors une chose absurde. J'avais l'esprit brouillé. Je parlais même difficilement.

— Vous n'avez pas quitté Paris depuis

plus d'une semaine. Où donc pouvez-vous... pouvez-vous... jouer... enfin, je veux dire vous livrer au hasard?

Himer haussa les épaules d'un geste méprisant.

— Vous ne connaissez pas Paris, dit-il. On trouve tout, à Paris.

Le silence allait s'épaissir de nouveau quand Himer reprit la parole.

— Je vois ce que vous pensez, fit-il. Je vous ai emprunté deux cent mille francs au début de la semaine. Et comme je ne peux pas vous les rendre, je suis un voleur!

Je ne répondis rien. Depuis quelques instants, en effet, je pensais à ce prêt que j'avais consenti à Himer. Je ne pouvais pas ne pas y penser, même en ces instants tragiques. Et comme je ne pouvais pas l'avouer sans honte, je m'abstins de répondre.

Pendant cinq minutes peut-être, je restai dans le silence et Himer ne fit rien pour rompre ce silence. Il dit enfin, la voix lasse :

— Vous pouvez vous en aller. Vous voyez bien que je n'ai plus rien à vous dire. Laissez-moi me recueillir avant la minute suprême.

— Eh bien, non! dis-je tout à coup. Je suis venu porteur d'un message. M. Dikadour sera, demain matin, dimanche, dans son bureau de l'avenue de l'Opéra, au premier étage. Il vous attendra. Il m'a prié de vous le dire.

— Qu'est-ce que vous voulez que cela me fasse? dit encore l'étrange personnage.

Depuis quelques minutes, j'étais harcelé par une pensée presque monstrueuse et je sentais que je ne pourrais m'en délivrer qu'en lui donnant issue.

— Je ne parle pas pour moi, fis-je en pesant tous mes mots avec une autorité qui me surprit moi-même. Ces deux cent mille francs, je les abandonne. Je pense à votre famille, à vos enfants. Oui, vous voulez vous tuer. Vous vous sentez abandonné de Dieu, de votre Dieu. Je ne vous dis pas de ne pas vous tuer. Je pense, depuis deux heures, que vous avez peut-être un moyen de vous tuer qui vous permettrait de laisser votre femme et vos enfants en mesure de parer aux premières difficultés. Allez voir M. Dikadour. Il va vous parler d'un voyage. Ne dites rien de moi, surtout, c'est essentiel. Mais sachez que la T.K.V.T. songe à susciter sur l'avion dont vous avez la charge... des difficultés mécaniques, des difficultés, je ne vois pas d'autre mot, dont vous n'auriez pas lieu de vous apercevoir à temps, parce qu'elles seraient mortelles, pour vous sans doute, mais surtout pour un personnage dont les « Tchar » ont besoin de se débarrasser.

— Comment savez-vous tout cela ? dit Himer en me regardant fixement.

— Parce que, sans doute, mon Dieu, à moi, me permet de comprendre certaines choses très mystérieuses. Je suis pourtant absolument sûr de ce que je vous dis dans le plus grand secret. Allez, demain, voir M. Dikadour. Dites-lui que vous avez trouvé d'inexplicables défauts techniques dans la mécanique de votre avion. Dites-lui que si l'on veut vous tuer, vous avez des raisons de le faire vous-même. Et posez, froidement, des conditions. Obtenez un texte écrit prévoyant un accident très grave. Je suis sûr que votre Dieu, s'il m'entend, s'il m'écoute, me comprend et qu'il n'est pas opposé à un suicide intelligent, qui vous fera disparaître sans ajouter à votre double crime le crime de laisser votre famillle dans la misère.

Himer venait d'ouvrir un des tiroirs de la table. Il fit glisser le revolver et releva la tête pour me regarder fixement.

— Je crois avoir deviné, dit-il. J'irai voir M. Dikadour demain matin.

Chapitre douzième

Deux ou trois jours passèrent. Oui, deux ou trois, pas davantage. Une éternité, pour moi, une éternité de cauchemars et d'angoisses. Puis, je reçus un coup de téléphone. Il en arrivait beaucoup dans la journée; je les écoutais d'une oreille non pas distraite, mais agacée. Dès les premiers mots de cet appel, je fus pourtant saisi de fièvre et regardai tout autour de moi pour m'assurer que les portes étaient bien fermées. C'était la voix d'Ernest Himer qui n'avait que de bien rares motifs de téléphoner à la rue des Pyramides. J'écoutai les premières phrases et répondis très vite : « Bien, monsieur. Convenu pour six heures. » Tout aussitôt je raccrochai le récepteur et ne pus retenir un long soupir.

Il était plus de cinq heures du soir. Dès la demie de cinq heures, je passai chez ma secrétaire pour lui faire savoir que je devais quitter le bureau pour me rendre chez un correspondant hollandais et je pris mon imperméable. Deux minutes après, j'étais dans le tintamarre de la rue et je hélais un taxi. Himer me donnait rendez-vous à la chapelle de Saint-André d'Antin. Cela n'était pas pour me tranquilliser. Je compris tout de suite que cet homme inquiétant ne pouvait me voir ni chez lui, à cause de sa famille, ni chez moi, car nous y aurions trouvé ma sœur. Il était tout aussi mal commode, sans aucun doute, de fixer le rendez-vous dans un café, dans un lieu public. Alors Himer avait choisi cette chapelle où il pensait trouver le calme et qu'il fréquentait, il ne me l'avait pas laissé ignorer. Je n'en éprouvai pas moins une grande gêne, un scrupule taraudant et dont le principe est facile à comprendre.

Dix minutes plus tard, j'étais rue de Léningrad. J'avais tout pesé. Les prières dites du salut avaient dû vraisemblablement être dites à cinq heures. La chapelle devait être vide ou presque vide. Il en était bien ainsi et je le vis dès la porte. Himer m'attendait, à côté du bénitier. Je sentis qu'il hésitait à me tendre la main. Pour moi, je fis ce que j'ai fait depuis mon enfance. Je trempai deux doigts dans l'eau bénite et j'esquissai même le geste de tendre ces deux doigts à Himer. Mais il recula d'un grand pas et fit un signe de tête pour me donner à comprendre que cet humble mouvement de communion était inopportun. Il dit, à voix basse :

— Allons nous asseoir dans ce coin qui est sombre et désert.

Je le suivis, en proie à un malaise qui grandissait de seconde en seconde. Quand je fus assis près de lui, Ernest Himer commença de parler, se tenant très près de mon oreille.

— Je suis allé, ce matin, à Orly, me dit-il. Je n'ai pas vu Serge Popiloff, et pour cause. J'ai pris ma combinaison et j'ai soigneusement examiné toutes les pièces de la mécanique. Les pièces de la direction étaient dévissées. Non pas tout à fait, mais de telle manière qu'au départ ou à l'arrivée j'avais les plus grandes chances de n'être plus le maître de mon appareil. J'ai resserré le tout et j'ai donné des ordres pour que personne, à commencer par Serge Popiloff, ne pût toucher à mon appareil avant mon retour. Après quoi...

— Après quoi? fis-je d'une voix dont je n'étais plus le maître et qui tremblait d'angoisse.

— Après quoi, j'ai repris ma voiture personnelle et je me suis rendu, sans perdre une minute, chez M. Dikadour. Attendez, je vais vous raconter la suite de notre entretien, je veux dire la curieuse conversation que j'ai eue avec celui qui, en principe, est notre patron. Auparavant, prenez ceci.

Himer me tendait une enveloppe. Je ne fis aucun geste pour la prendre. Je devinais quel était le contenu de cette enveloppe. Himer poursuivit, baissant encore la voix :

— Je vous dois deux cent mille francs. Je veux bien mourir, puisque je suis condamné par mon Dieu. Mais je tiens absolument à payer cette dette avant de mourir.

Comme je ne tendais toujours pas la main, Himer posa l'enveloppe sur le prie-Dieu, devant moi.

— Prenez, dit-il en élevant la voix, prenez, sinon je m'arrange pour introduire cette enveloppe dans le tronc qui est là, près de vous, non sans avoir écrit sur l'enveloppe : « Don de M. Théophile Chédevièle, rue Tronchet, Paris. » La justice finira par le savoir.

Déjà le terrible compagnon tirait son stylo. Je le connaissais : il allait faire ce qu'il avait dit. Je me sentais emporté dans un drame confus et bouleversant. J'étais complice, désormais, d'une action dont je ne connaissais pas encore tous les mobiles et tous les détails. Je me sentais terrorisé. Je pensais, moi aussi, à la mort comme à une délivrance. J'imaginais les soucis et la douleur de ma pauvre Béatrice. Je pris enfin la fameuse enveloppe d'une main tremblante. Je la glissai dans la poche intérieure de ma veste et dis, en regardant Himer en face :

— Je vous ai prévenu. Je vous ai mis en état de parer à certaines manœuvres criminelles qui pouvaient vous coûter la vie sans compensation. Qu'allez-vous faire ? Je ne comprends plus.

— Je vais me tuer, fit d'une voix ferme Ernest Himer. Je vais me tuer et je ne serai pas la seule victime dans ce drame.

Je venais d'imaginer soudain ce qu'Himer pouvait être amené à me révéler. Je dis encore :

— Vous m'avez dit et répété que votre Dieu n'était pas le mien. Je suis sûr que votre Dieu vous désapprouve et qu'il vous est encore possible d'obtenir son pardon. Tenez, je me mets à genoux et je vais prier votre Dieu.

Himer secoua la tête.

— Non, dit-il, vous ne connaissez pas mon Dieu. Inutile de le prier : il ne vous connaît pas non plus. Il m'a fait comprendre qu'il m'abandonnait...

— Ecoutez, dis-je, sortons de cette chapelle. Il m'est impossible de penser que mon Dieu, à moi, entend notre entretien. On peut parler de ces choses effrayantes dans une cave, dans un désert; mais ici, dans le temple de mon Dieu, vous me faites souffrir et vous me couvrez de honte.

— Ce n'est pas fini, dit Himer. Sortons, puisque vous le demandez. Nous parlerons dans la rue, ou même dans le parc. Sortons, puisque vous le souhaitez.

Deux minutes plus tard, nous cheminions, par de petites rues peu passantes, et Himer n'attendit pas que nous fussions parvenus jusqu'au parc Monceau pour reprendre l'entretien.

— N'oubliez pas qu'en me faisant

connaître le rendez-vous de M. Dikadour, vous m'avez laissé entendre que je pouvais trouver un moyen de me tuer qui ménagerait pour ma famille un dédommagement plus notable. L'avez-vous dit ou ne l'avez-vous pas dit?

Je l'avais dit, dans l'excès d'émotion où je me trouvais alors. Je l'avais dit, mais je l'avais presque oublié. Je fis un grand effort pour retrouver mes esprits. Quoi qu'il arrivât, j'étais complice d'un crime. Je ne pouvais plus ne pas être complice d'un crime. J'avais espéré que Dieu — le nôtre, celui de tout le monde humain et non le mien, non celui de chacun des passants de la rue —, j'avais espéré que le Dieu de l'Univers accorderait sa grâce au malheureux Himer et j'étais consterné d'avoir espéré en vain.

— Ah! dis-je, pourquoi ne renoncez-vous pas au jeu? Vous seriez, aujourd'hui, un homme paisible, un bon mari, un bon père.

— Si mon Dieu, dit froidement Himer, voulait m'amener à cette renonciation, il me l'aurait dit : j'ai de fréquents entretiens avec lui, pendant mes prières. Mais il m'a condamné. Je n'en peux plus douter désormais.

— Reprenez cette enveloppe, fis-je soudain, en glissant la main dans la poche de ma veste.

Himer, une fois de plus, haussa les épaules.

— Cette enveloppe pèse assez peu dans ma résolution et mes calculs. Et le million dont je vous ai parlé ne pèse pas davantage. Pour ma femme et mes enfants, ce que je peux faire de mieux, c'est de disparaître. Jusqu'à la dernière minute, j'aurai lieu de souffrir d'un grand remords, celui d'avoir donné la vie à des êtres, peut-être même de leur avoir laissé un héritage moral qui ne peut les conduire qu'au désespoir.

— Himer, fis-je alors, comme nous pénétrions dans ce parc Monceau qui semblait devenir l'un des décors du drame extravagant auquel je me trouvais mêlé désormais, Himer, vous est-il vraiment impossible de vous asseoir à côté de moi, de mettre un genou en terre, sans ostentation, et de prier ensemble ?

— Impossible, fit Himer. Malgré les efforts bien respectables de l'Eglise, on ne prie pas de compagnie. Vous êtes un homme intelligent, compréhensif même. Et pourtant nous ne vivons pas dans le même univers. Marchons encore. Je ne vous ai pas dit tout ce que j'avais à vous dire.

Nous fîmes en silence une centaine de pas. Puis Himer me fit observer, alors que l'allée était vide et devant nous et derrière nous :

— Je ne serai pas le seul à mourir. Je pense que vous l'avez compris ?

J'étais atterré. Je ne répondis rien.

— M. Méchir Alkator, reprit Himer sans se départir de son calme, M. Méchir Alkator sera de la fête. J'ai demandé que le type de la radio fût dispensé de service. Je connais le chemin. Je vais à Rome, puis en Orient, en principe. L'accident aura lieu dans la région du mont Ventoux. Vous êtes bien renseigné. Ne faites rien pour modifier le cours des événements. La justice aurait des raisons de tout connaître et de tout comprendre. Quant à M. Méchir Alkator, j'ai sur lui des renseignements. Cet homme politique est abject et ne mérite que ce qui l'attend. En somme, je quitterai ce monde en faisant une bonne action. Observez donc le silence et tâchez de retrouver la paix. Vous avez encore une longue vie devant vous. Vous aurez le temps de réfléchir et de prier votre Dieu. Je vous quitte.

Là-dessus, sans me serrer la main, Himer tourna le dos. Il fit quelques pas et revint pour me dire très bas :

— Des dispositions sont prises. Ma femme et mes enfants recevront une indemnité exceptionnelle. Vous êtes pour quelque chose là-dedans. Alors, je vous dois des remerciements. Bonsoir.

Je le vis s'en aller d'un pas tranquille, tourner l'allée, puis se perdre dans les verdures.

Chapitre treizième

Quelques jours passèrent encore qui furent, pour moi, des jours d'attente anxieuse, des jours d'hésitation et de supplice. Allais-je parler à M. Dikadour ? En ce cas, le drame prenait une autre allure : j'étais chassé de la Compagnie, sans nul doute ; et je ne pouvais m'empêcher de songer aux conséquences de ce renvoi. Je pouvais ainsi me trouver compromis, juridiquement. M. Dikadour allait m'accuser d'avoir, en accord avec Himer, entrepris de faire périr un homme politique étranger... J'appris, sur ces entrefaites, que Serge Popiloff, mécanicien, avait été affecté à un petit poste de notre agence de Syrie et qu'il ne pourrait ainsi comparaître comme témoin, à peine de se révéler, par le fait même, comme complice. Tout pesé, je ne pouvais me manifester en aucune manière; sinon j'allais compliquer le drame et le porter sur le terrain diplomatique et politique, terrain qui m'était tout à fait étranger et qui m'inspirait un véritable effroi. Allais-je être la cause, involontaire à coup sûr, mais effective quand même, d'une guerre au Proche-Orient, d'une guerre qui pouvait dégénérer en guerre générale ? A cette pensée, je me sentais, moi chétif, saisi de tremblement.

Dans mes nuits d'insomnie, j'analysais, avec une imagination délirante, fébrile, tous les éléments du drame. La Compagnie T.K.V.T. n'aurait, somme toute, pas beaucoup de mal à prouver son innocence dans l'inévitable catastrophe. Un ministre d'une puissance étrangère avait trouvé la mort dans un grave accident d'avion. Le pilote lui-même avait péri avec son passager. Le pilote avait fait savoir à la Compagnie, malheureusement trop tard, quelques minutes avant la catastrophe, par radio, que des personnes inconnues avaient détérioré les commandes essentielles de l'appareil et que, de seconde en seconde, les chances d'un atterrissage normal devenaient de plus en plus problématiques... L'accident était survenu presque aussitôt... Une seule personne semblait capable de fournir des renseignements sur ce désastre, et c'était un certain chef de service que la Compagnie avait chargé de mander le pilote en vue de l'organisation du voyage...

A ce point de ma rêverie, je pensais que rien ne permettait de juger qu'Ernest Himer aurait eu l'idée criminelle de prononcer mon nom devant les patrons de la T.K.V.T. Himer n'avait aucune raison de me nuire, de me trahir, de me haïr... Mais, tout aussitôt, la machine à cauchemarder se reprenait à tourner son film... J'étais arrêté... La justice entreprenait une enquête. La Compagnie « Tchar » démontrait son innocence avec la plus parfaite candeur... Pouvais-je avouer que je savais tout, que j'avais collé mon oreille à la cloison ? C'était me condamner moi-même. Les gens de justice, comprenant que je connaissais le complot et que je n'avais rien fait pour dénoncer ceux qui l'avaient ourdi, devaient nécessairement, alors, me considérer comme un complice... Les bonshommes du gouvernement oriental mettaient à la porte l'ambassadeur de France et se déclaraient en état d'hostilité. Les puits de pétrole appartenant à des compagnies françaises étaient incendiés. L'avocat général, me découvrant comme le seul survivant d'entre les coupables, demandait contre moi une peine exemplaire, la peine capitale. A cette pensée je ne pouvais m'empêcher de pousser un gémissement, presque un cri...

En fait, j'avais dû pousser un cri, parce que, soudain, je sentis une main se poser sur mon épaule.

J'étais à genoux contre mon lit, à

genoux sur le tapis. J'étais en pyjama.
Mon visage était éclairé par ma lampe de
chevet. Cette main qui se posait sur mon
épaule, n'était-ce pas la main même de
la justice? Je n'osais pas me retourner.
J'allais perdre la conscience de mes pensées et de mes mouvements, tomber
peut-être à la renverse.

— Théo! fit alors la paisible voix de
ma sœur, Théo! Tu fais de mauvais rêves,
mon pauvre Théo. Non! ne parle pas!
Je ne veux rien savoir de tes soucis. Je te
le répète : ne parle pas. Mais si tu le veux
bien, nous allons prier ensemble. Ne
bouge pas, je vais m'agenouiller à côté
de toi.

— Hélas! fis-je d'une voix mêlée de
sanglots, ne m'as-tu pas dit que nous ne
pouvions pas prier ensemble, que ton
Dieu n'était pas le mien?

— Je ne t'ai jamais rien dit de tel,
articula ma chère Béatrice. Du moment
que tu souffres, je veux prier avec toi,
prier pour toi, du fond du cœur, pour
toi mon frère, oui, prier Jésus, notre

Dieu bien-aimé, qui aura pitié de nous, pitié de toi, comme il a pitié de tous les hommes malheureux, parce que notre Dieu a été un homme, le plus noble de tous les hommes, et qu'il nous comprend et qu'il nous aime, et qu'il souffre avec nous.

Toute ma vie, je garderai le souvenir de cette prière. J'avais le sentiment que Béatrice l'inventait, et elle m'entraînait dans son invention. Moi qui n'ai, d'ordinaire, qu'une imagination très modeste, toute bridée par l'esprit critique et par les calculs, je ne répétais pas les mots trouvés par ma chère Béatrice, je les découvrais et les prononçais en même temps qu'elle. Il m'arrivait, entre deux phrases, de penser, sans en rien dire, qu'Himer avait gâté ma foi. Il avait presque réussi à rompre les liens qui m'unissaient à ma sœur, d'abord, et à la foule de ces gens qui rêvent d'une vie rachetée par un amour universel, par une espérance universelle.

Je ne remercierai jamais assez Béatrice

de m'avoir rendu, dans toute sa pureté, dans toute sa douce chaleur, la foi de notre maman. Béatrice, je devais m'en apercevoir par la suite et même dès les jours suivants, n'a pas changé mon caractère. On peut connaître des minutes admirables pendant lesquelles on a le sentiment de se trouver non pas seulement en face de Dieu, mais bien mêlé à Dieu, comme l'eau et la farine sont mêlées dans le pain de la communion. Le lendemain, on s'aperçoit que l'on a des habitudes et des manies, que l'on peut non seulement demander à Dieu de nous visiter plus souvent, ce qui est grande indiscrétion, grande témérité, grande et absurde exigence, mais encore l'adjurer de nous aider à transformer le caractère que la nature nous a donné, et c'est jeter un défi à cette nature. Vous le voyez, je retombe dans mes errements, même en prononçant une très sincère action de grâce pour la prière de Béatrice.

Vous pensez peut-être, ô vous qui voulez bien m'écouter sans hausser les épaules, vous pensez peut-être que je suis reconnaissant mais incorrigible. C'est parfaitement exact et je me demande chaque jour, moi qui n'aspire qu'à me corriger, pourquoi je n'ai pas reçu la vertu de me corriger, la force de me corriger.

Maintenant, je reviens aux événements de cette semaine mémorable. Je n'allais pas tarder à comprendre que ces événements ne me laisseraient pas le loisir de méditer sur les faveurs de la grâce.

Le lendemain matin, comme j'achevais de dicter ma correspondance du jour à la sténotypiste, on vint m'apporter un pli qui ne portait aucune indication, mais qui, j'en eus tout aussitôt la certitude, émanait du secrétariat général, venait de l'avenue de l'Opéra.

Je fis effort pour me contenir, pour ne pas ouvrir tout de suite cette enveloppe dont, par un étrange mais très fort pressentiment, je sentais qu'elle concernait le drame dont la seule pensée me faisait perdre le minimum de sang-froid qu'il faut pour vivre, et même pour travailler, respirer, se maintenir à la surface de l'abîme.

Sans que cela fût par trop visiblement dû à mon angoisse, je pris la résolution d'interrompre ma dictée. Je congédiai la sténotypiste qui partit aussitôt avec sa petite machine. Derrière elle, je fermai au verrou la porte de mon bureau. Puis je revins m'asseoir et posai la lettre devant moi.

Dans le dessein de me mater, de me châtier, de contraindre en quelque façon mon détestable caractère, je m'obligeai d'abord à ne pas ouvrir la lettre avant cinq minutes bien comptées. En fait, au bout de quatre minutes, n'y tenant plus, je saisis mon canif et j'ouvris l'enveloppe. Je vous l'ai dit, je suis incorrigible.

C'était une assez longue lettre, tapée à la machine par la secrétaire de M. Dikadour. Cette demoiselle faisait des fautes assez particulières dont elle n'était jamais parvenue à se corriger — vous voyez que je ne suis pas le seul à souffrir. — D'ailleurs, je ne crois pas que cette personne souffrait de ses fautes, ce qui est une preuve soit d'incapacité, soit de résignation. Mais passons !

C'était donc une assez longue lettre, relative aux prochaines fournitures de carburants dans tous les pays où nous avions lieu — je dis nous, je pense à la Compagnie — de faire escale et de nous ravitailler. La lettre était de M. Dikadour, et la signature du secrétaire général se trouvait en bas de la page. Mais, au dessous de la signature, on apercevait deux lettres, P.S., suivies d'une ligne de points priant le destinataire, moi, Chédevièle, de se reporter à la seconde page pour un supplément d'instructions.

J'ouvris donc la feuille et lus ceci. Je peux le dire par cœur. Le texte n'est pas long et reste, depuis, gravé dans ma mémoire.

« L'appareil T.A.P. 357, piloté par M. Ernest Himer, quittera l'aérodrome d'Orly, vendredi prochain, à dix-neuf heures. Le passager, qui est une personnalité fort importante, ne doit pas voyager

LE COMPLEXE DE THÉOPHILE

seul. La compagnie T.K.V.T. prie donc M. Théophile Chédevièle de se rendre à l'aérodrome d'Orly, à l'heure convenable, et d'obtenir, en toute hâte, les visas nécessaires à ce voyage. »

Pendant de longues minutes, je demeurai silencieux, immobile. Il me semblait que m'on corps n'était déjà plus qu'un squelette, une carcasse de pierre calcinée. Pourtant de longues gouttes de sueur glissaient le long de mon front sur mes joues et, de là, sur le col de ma chemise.

Petit à petit, je sentais toutefois un ordre s'instaurer dans mon esprit. Un ordre terrible, mais évident, indiscutable, un ordre auquel je devais obéir. M. Dikadour savait que je savais quelque chose; mais il ne savait pas que je comprendrais, que je savais qu'il savait que je savais... Ainsi donc, Himer avait suivi mon conseil. Il avait accepté de mourir et de commettre ainsi un double crime : celui de se tuer et de faire périr une personne que, pour des raisons de politique ou d'argent, la Compagnie T.K.V.T.

avait résolu de supprimer. Il fallait toutefois n'éveiller aucun soupçon chez la future victime de cette extravagante machination. Il était donc nécessaire, dans cette vue, de la faire courtoisement accompagner par un des chefs des services de la Compagnie... Et c'était un troisième crime.

A ce point de ma laborieuse méditation, je voyais paraître devant moi l'impénétrable masque d'Ernest Himer. Je lui avais laissé entendre que la Compagnie allait faire le nécessaire pour altérer les mécaniques essentielles de son appareil. La Compagnie, par cette manœuvre abominable, entendait se débarrasser d'abord du bonhomme Alkator, et se débarrasser en même temps du pilote, du témoin. Je ne pouvais pas penser que, dans le débat secret qui s'était écoulé chez M. Dikadour, Himer avait prononcé mon nom, qu'il avait donné à croire que je lui avais confié des secrets que je ne pouvais en aucune façon connaître, puisque j'avais pris toutes les précautions pour prouver,

par exemple, que je n'entendais pas
l'allemand. Non! La Compagnie ne pouvait me considérer comme un second et
possible témoin dont il fallait, occultement, signer l'arrêt de mort. Il était
apparu, pourtant, que pour donner au
bonhomme Alkator, Aldakor — je ne
savais même plus très bien son nom —,
que, pour lui donner toute tranquillité
au sujet de ce voyage, il était tout simple
de sacrifier une personne de second
plan, un employé sans aucune importance
pour l'avenir de la maison. J'étais ce
compagnon sans aucune importance
et l'on venait de signer mon arrêt de
mort.

Je me dressai sur des jambes toutes
raides et je fis deux ou trois fois le tour
de la pièce, pour retrouver une sorte
d'équilibre. Après quoi, je déverrouillai
la porte, pris mon imperméable et mon
chapeau. Je n'avais aucune raison de
sortir à cette heure. Mais quoi! La Compagnie ne s'aviserait pas de me faire des
remontrances. On doit se montrer tolé

rant pour un homme que l'on va faire mourir.

En remontant le long des trottoirs encombrés, je poursuivais ma méditation et j'en abordais le point capital.

J'étais jugé, j'étais condamné. Par cette petite bande d'affreux commerçants ? Non, par Dieu. J'avais pris part à un crime. J'avais donné mon assentiment à un double crime. J'avais, sous prétexte d'aider Himer à laisser un peu d'argent derrière lui pour sa famille, j'avais orienté ce malheureux vers un acte horrible. J'étais donc un criminel, et le châtiment serait prompt : tout me le prouvait.

Sans doute m'était-il possible de donner ma démission et de m'en aller dans un trou de la province pour y user mes économies. Himer et Alkator n'en périraient pas moins, et même la Compagnie pourrait intenter une action contre moi en prouvant, par exemple, que je savais l'allemand : mes anciens camarades de captivité n'auraient aucune raison de garder le silence à ce sujet. Non! Non!

LE COMPLEXE DE THÉOPHILE

Les bonshommes de la Compagnie ne s'engageraient pas dans cette voie qui les ferait paraître comme coupables. Tout était tragique et confus. Si je m'en allais ainsi, subitement, les gens de la T.K.V.T. n'auraient qu'à expliquer ma retraite en me faisant inculper dans le procès. Et je serais condamné.

J'étais perdu; mais il était juste que je fusse perdu. Je pouvais me frapper la poitrine et reconnaître mon crime. Je trouverais bien le moyen de parler une minute à Himer et de lui dire que j'acceptais la mort. En fait, la vie m'était déjà, et me serait plus tard, intolérable. Alors mieux valait mourir.

Je pensais que ma chère Béatrice n'aurait pas achevé ses courses de bonne ménagère, ses courses dans le quartier. Je fus très étonné de la voir debout dans notre salle à manger, debout non comme une personne qui travaille et s'occupe, mais comme une personne qui est plongée dans de profondes réflexions. Quelles pouvaient être ces réflexions ? Je ne doutais ni de leur objet ni de leur élévation. Les femmes comme Béatrice devinent tout, et la scène de la veille, cette sublime prière qui reste et restera le plus beau moment de ma vie morale, cette scène pouvait la tenir en éveil et demeurer l'objet de toutes ses méditations.

Elle n'eut pas l'air étonné de me voir rentrer à la maison plus d'une heure avant l'heure habituelle. Elle n'eut pas l'air étonné non plus quand je lui saisis la main.

— Sœur, dis-je en laissant tomber mon chapeau, sœur, viens avec moi.

J'entrai dans ma chambre et dis d'une voix suppliante :

— Sœur, prions ensemble, là, sur le pauvre et vieux tapis, là où nous avons prié hier soir. Ma sœur, je suis très malheureux. Prions, je te le demande à genoux.

Sans que j'eusse à donner la moindre explication, Béatrice commença de prier à mi-voix. Elle inventait cette prière, comme elle avait inventé celle de la veille. Elle semblait miraculeusement calme. Elle ne s'arrêta pas de prier quand elle m'entendit murmurer : « Seigneur, j'accepte ! » Elle ne dit pas un mot qui pût trahir son étonnement, ni marquer la moindre désespérance. Je répétais, de minute en minute : « Seigneur, j'accepte ! » Béatrice ne me demanda pas ce que j'acceptais. Elle devait voir Dieu, pendant ces minutes d'inexprimable angoisse. Elle devait voir Dieu, et un moment vint où je distinguai, devant moi, un visage très triste, très doux, très miséricordieux. Moi aussi, moi qui ne le méritais pas, moi aussi, j'avais vu Dieu.

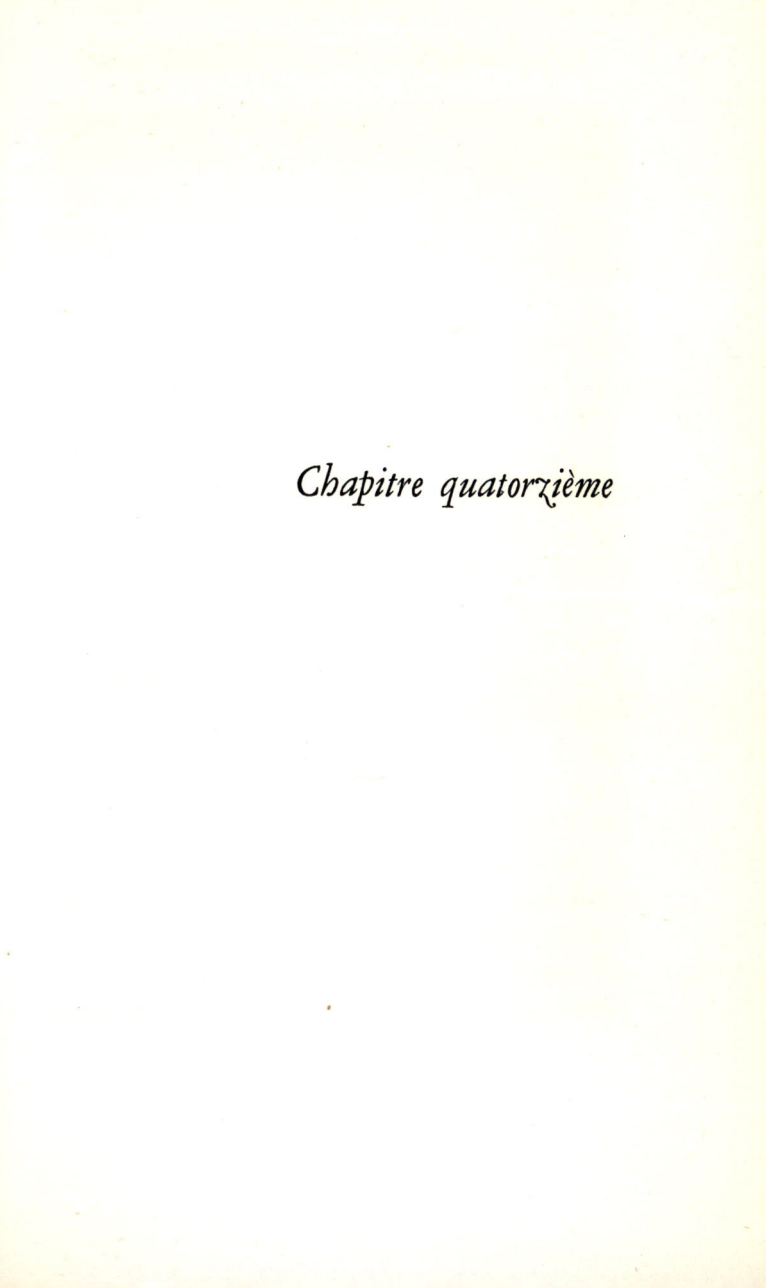

Chapitre quatorzième

Je passai deux jours à circuler dans les consulats. Depuis longtemps, mon passeport était maculé de visas, de dates, de coups de timbres humides. Chose bien surprenante, les deux nuits qui suivirent ces deux jours de courses et d'extravagants préparatifs, ces deux nuits furent miraculeusement calmes. Je dormis comme peuvent dormir les condamnés à mort que l'on doit faire, souvent, réveiller par un prêtre. Je ne sais ce que me réserve l'avenir; mais je connais déjà la mort, le terrible sommeil de la mort.

J'avais appris, par un avis aussi bref

que peut l'être une sanction du destin, j'avais appris que le départ aurait lieu le vendredi soir de cette même semaine que je voudrais pouvoir appeler la semaine de la suprême prière. Mon bagage était prêt. Il est léger, il est toujours le même, depuis plusieurs années. Je n'avais pas fait un geste, pas dit un mot d'appel à l'adresse d'Ernest Himer. Il m'aurait encore parlé de son Dieu... Il m'aurait peut-être affirmé qu'il ignorait l'ordre à moi donné par la Compagnie de l'accompagner dans ce voyage tragique... Il m'aurait peut-être avoué qu'il savait tout... Il m'aurait peut-être demandé pardon... Tout cela ne pouvait que m'être odieux. J'avais seulement prévenu M. Dikadour que je me ferais conduire à l'aérodrome, le vendredi, vers cinq heures, par la voiture de service qui, deux ou trois fois le jour, quitte nos bureaux pour se rendre à la gare des Invalides, ou au Bourget, ou à Orly.

Petit à petit, je me sentais gagné par un calme miraculeux, assez semblable à mon étrange sommeil nocturne. Je vous l'ai dit, j'étais déjà mort, et les bruits de la vie, autour de moi, me semblaient étrangers, incompréhensibles, sans intérêt, sans importance.

En vérité, j'étais déjà détaché de tout et de tous; mais non d'un être au monde, non d'un être dont le regard suffisait à me faire monter les larmes aux yeux, à me ramener à la surface de cette vie déchirante, non de ma seule amie, non de ma chère Béatrice. Le soir, elle demeurait près de moi jusqu'à l'heure de la prière. Nous nous mettions, ensemble, à genoux, sur le vieux tapis décoloré, mangé des mites. Et Béatrice priait merveilleusement. J'ai compris, pendant ces soirées, qui étaient, en même temps, calmes et tragiques, j'ai compris que la prière ne consiste pas à réciter des mots appris par cœur depuis l'enfance, mais à s'élever, inexprimablement, vers un être que nous ne devons même pas chercher à décrire ou à dépeindre, vers un monde où ce qu'il y a de meilleur en nous trouvera son refuge et sa raison.

Pas une seule fois Béatrice ne me posa la moindre question sur ce qui m'avait plongé dans une trop visible angoisse. Elle savait bien qu'à lui parler j'aurais ravivé toutes mes affres, réveillé tous mes remords. Non! Non! Béatrice m'introduisait au ciel et, pour cela, Béatrice m'apprenait à demander mon pardon, sans même savoir quelle pouvait être ma faute, quel pouvait être mon crime. Béatrice, chaque soir, faisait un tel miracle. Béatrice est une sainte.

J'avais résolu de lui cacher mon départ. J'avais même écrit un mot que je pensais remettre, dans une enveloppe close et timbrée, à l'hôtesse de l'air qui s'occupe des derniers détails, lors de l'embarquement. Oh! ce message était plus que bref. J'avais écrit, sur un large papier : « Adieu, ma sœur, et merci! »

Je partis donc pour Orly, deux heures avant le moment fixé pour le décollage. Quand les bonshommes de la T.K.V.T. devaient assurer le transport d'un personnage officiel, ils dépêchaient auprès de lui, outre les compagnons de voyage, deux ou trois des employés supérieurs de l'avenue de l'Opéra. A peine arrivé dans le bureau de la Compagnie à Orly, un de nos garçons, un Tchar, que j'avais souvent aperçu, lors de mes précédents voyages, me pria, sans autre explication, de monter dans la salle d'attente du premier étage et de gagner la petite pièce où les « partants » se trouvaient, me dit-il, déjà réunis...

Ce mot de « les partants » ne retint pas mon attention, sur l'instant. Il devait presque tout de suite me donner à réfléchir. Je connaissais la pièce qui s'ouvre sur la salle d'attente-buffet, et où les hôtes d'honneur de la T.K.V.T. étaient reçus, en attendant le départ. Je pensais bien y apercevoir le nommé Méchir Alkator que je ne connaissais que par les photos des journaux. Je fus bien étonné de le trouver environné d'une délégation de gens dont j'eus lieu de penser qu'ils étaient tous des Levantins. Ces messieurs buvaient du thé, fumaient et parlaient avec animation. M. Dikadour, dans un coin, s'entretenait à voix basse avec M. Méchir Alkator. En me voyant, il se leva, non sans hâte, s'excusa d'un mot auprès de son interlocuteur et vint à moi, laissant un sourire, d'abord assez mince et incertain, s'épanouir petit à petit sur son visage bis mais bien rasé, surmonté de cheveux très noirs et coupés courts.

— Je n'ai pu, dit-il en me prenant le bras, je n'ai pu vous atteindre à temps et vous épargner une course inutile. Son Excellence M. Alkator a manifesté le désir d'être accompagné, dans ce voyage de retour, par l'ensemble de son secrétariat qu'il devait laisser, pour un stage d'étude, en Allemagne, dans les bureaux de la Compagnie. Le T.A.P. 357 sera tout à fait plein et j'ai pensé que, dans ces conditions, votre présence aux côtés de Son Excellence M. Alkator est superflue. En conséquence, je vous rends votre liberté... Prenez une tasse de thé, si le cœur vous en dit. Je retourne auprès de Son Excellence.

J'ai toujours pensé que la grâce accordée au pied de l'échafaud, la grâce *in extremis*, doit être une punition raffinée. L'homme qui, depuis plusieurs jours déjà, vit dans l'intimité de la mort et qui doit, soudain, se replonger dans la vie, éprouve, je le sais maintenant par expérience, une sorte d'affreux désespoir. Cet homme a subi tous les supplices préalables, et voilà que l'on remet à plus tard l'inévitable dénouement du drame.

Je jetai, sur cette société caquetante, un regard délirant. Ainsi donc, j'étais sauvé. Le mot me faisait horreur. Mais ces personnes inconnues allaient mourir, cette nuit, en quelque manière à ma place. Absurde! Absurde!

J'eus la sottise, avant de quitter la pièce, de chercher de l'œil Himer. Il devait être à son poste, c'est-à-dire dans la cabine de l'avion, en attendant les voyageurs. Il savait sûrement qu'il allait causer la mort non de trois, mais de dix personnes. Quelles étaient ses pensées secrètes? Et si son Dieu l'abandonnait, était-ce une raison suffisante pour entraîner dans la catastrophe tous ces gens qu'il ne connaissait pas ? En vérité, je ne comprenais plus rien à ce monde extravagant qui formait le décor de mon existence confuse.

En cherchant la voiture qui m'avait conduit jusqu'à Orly et que, d'ailleurs, je ne retrouvai point, en la cherchant dans la fourmilière mécanique des lieux de stationnement, en allant de-ci, de-là, comme un homme ivre de poison, je continuais de me poser des questions, je continuais de démêler ce peloton de fils tordus et noués au hasard. Un moment j'eus l'idée de remonter dans la salle d'attente et de crier : « Ne prenez pas l'avion T.A.P. 357. Vous allez à la mort ! Je suis sûr de ce que je dis ! » Mais je risquais tout simplement d'être arrêté, conduit à l'infirmerie spéciale du dépôt, puis interné comme dément. Non ! Non ! il n'y avait rien à faire. D'ailleurs tout cela n'était sans doute qu'un rêve affreux. Himer s'était moqué de moi. Himer se

LE COMPLEXE DE THÉOPHILE

moquait de moi depuis longtemps, avec ses jeux de hasard, avec son Dieu, avec ce Dieu impitoyable qu'Himer ne comprenait pas lui-même.

Chapitre quinzième

Je pourrais, si j'étais menteur, vous dire que, de retour chez moi, je passai la nuit à méditer sur le drame, à mesurer la part que j'avais prise dans ce drame, à peser ma part du crime, à m'abandonner au remords... Eh bien, non! Depuis trois jours, j'étais mort. J'attendais les sanctions comme peuvent les attendre ces morts que nous apercevons parfois, dans la bière, si miraculeusement calmes, et qui ont aussi, la plupart, été compromis dans des malheurs horribles, dans des drames obscurs et inconcevables.

Vous allez penser, vous pensez sûrement que, pour vous conter cette histoire, j'emploie, à tout moment, le mot « incompréhensible ». C'est le seul mot qui, pour moi, surnage à la surface du monde, le seul mot qui mérite de surnager.

Ma sœur Béatrice vit que je m'étais allongé sur mon lit sans même dire cette prière du soir qui m'avait fait si grand bien, les jours précédents. Je n'étais sans doute plus digne de cette admirable élévation de tout mon être. Ma sœur bien-aimée vint un moment dans ma chambre et s'approcha de mon lit. Je faisais semblant de dormir. J'allais m'endormir, en fait. J'étais au bord du gouffre. Béatrice demeura quelques instants debout près du lit et j'entendis qu'elle priait, toute seule. Toute seule évidemment, puisque moi je n'avais ni l'inspiration, ni même le courage qu'exige, que suppose la prière.

Je dormis jusqu'à sept heures et demie du matin. Un sommeil tout semblable à celui du tombeau. J'avais renoncé, pour longtemps pensai-je, à mes inutiles tortures de scrupuleux incorrigible. Je jugeais que ces nuits de plomb étaient mes dernières nuits de silence et de torpeur, que j'aurais l'éternité devant moi, par la suite, pour souffrir.

Je finis par me lever et par tremper dans l'eau mon visage et mes mains. L'habitude, rien de plus que l'habitude. Ne cherchez pas là d'images : je ne suis pas Ponce-Pilate.

A huit heures moins dix, je tournai le bouton de la radio, comme toujours quand je fais marcher l'appareil pour savoir ce que devient ma patrie ou ce que mijotent les bonshommes qui ont reçu ou conquis le pouvoir de mener le monde à sa perte. Ce jour-là, comme toujours, j'entendis chanter d'affreuses âneries. J'étais patient, ainsi que peut l'être une momie. Les spécialistes de ce bruit lamentable pouvaient meugler ou bêler d'invraisemblables chansons d'amour, ou qui se disaient telles. Je mesurais la bêtise universelle. Puis le robot qui dit l'heure m'apprit que ma montre était en avance de cinq minutes. Puis le message de la météorologie matinale déclara que le temps serait beau, ce qui signifie presque toujours qu'en réalité le temps sera couvert et pluvieux. Je vous l'ai dit, j'étais au-delà de toutes les surprises. Nul agacement, nulle déconvenue, nulle espérance. On m'aurait annoncé qu'une bombe atomique, préparée par les savants de l'Indonésie ou de la Patagonie, venait d'éclater par erreur, déterminant l'engloutissement dans les mers de la moitié d'un continent, je n'aurais même pas levé les sourcils en guise de stupéfaction et d'inquiétude.

En fait, celui que l'on appelle le spiqueur se contenta d'annoncer que le gouvernement, mis en minorité par les parlementeurs, avait accepté sa chute et que le président de la République allait commencer ses consultations. Les représentants des cent vingt-huit partis politiques commençaient à tenir des réunions enflammées. Ensuite un autre spiqueur entretint la foule auditrice des divers mouvements révolutionnaires qui continuaient d'agiter quatre-vingt-dix-neuf pour cent des nations du monde. Puis un troisième parleur, saisi d'enthousiasme, expliqua, non sans éloge, comment l'équipe de France de foutbolle avait vaincu par cinq points à quatre l'équipe d'Albanie. En bref, je me disposais à fermer l'appareil sans irritation, sans colère, je vous assure, quand une voix intervint soudainement pour donner une nouvelle de dernière heure : un avion appartenant à une compagnie étrangère s'était abattu sur les pentes septentrionales du mont Ventoux. La catastrophe, connue des autorités voisines par les rapports des bergers couchés dans les pâturages des alentours, avait déterminé la mise en marche immédiate d'équipes de sauveteurs. On avait déjà pu, non sans peine, tirer des débris de l'appareil les corps calcinés de neuf des occupants. Une seule personne, qui avait pu se traîner hors de l'avion en flammes, semblait, malgré quelques brûlures, devoir survivre au désastre... Sur ce dernier mot, le spiqueur, imperturbablement, reprit son rapport pour annoncer que l'équipe française de tennis avait dû s'incliner devant les impeccables tennismen de l'Ouganda. Cette défaite avait fait l'objet d'articles de première page dans toute la presse britannique.

J'écoutais encore, impassible. Alors, un nouveau spiqueur-informateur commença de donner des nouvelles détaillées concernant le prix des pommes de terre et des fruits. J'entendis, à ce moment, ma chère Béatrice qui me conviait à venir prendre le déjeuner du matin. Ce que je fis.

Les bureaux de la rue des Pyramides étaient fermés, le samedi, sauf pour le service du téléphone qui demeurait en liaison avec l'avenue de l'Opéra.

Vous ne me croirez pas si je vous affirme que je ne fis pas l'esquisse d'un mouvement pour aller à mon bureau et apprendre quelque chose de plus que ces renseignements dérisoires, et encadrés de fariboles, ces renseignements que je venais de saisir au vol. Aller avenue de l'Opéra, ce samedi matin, alors qu'on ne m'y attendait pas, cela ne pouvait être

LE COMPLEXE DE THÉOPHILE

interprété, par le personnel du secrétariat, que comme le signe d'une bien étrange curiosité.

Je commençai de lire la Bible. Souvent, le soir, Béatrice m'en lisait des pages à haute voix. J'écoutais l'Ancien Testament comme un extraordinaire roman d'aventures, fait, tout entier, de guerres, de vengeances, de supplications, de gémissements douloureux. Alors arrivait la voix de Jésus et j'imaginais soudain que le monde pourrait être sauvé, malgré tout.

J'en étais là de mes réflexions quand j'entendis une voix d'homme, dans la salle à manger. C'était encore une fois le spiqueur, celui qui parle avec un étrange accent provincial. L'appareil était dans notre salle à manger et Béatrice en tournait le bouton, parfois, pendant qu'elle préparait le déjeuner. Pauvre et chère Béatrice! Elle n'est pas faite autrement que les autres, heureusement pour elle. Elle n'est pas curieuse; mais elle veut savoir, quand même, si la guerre est pour demain, ou si l'on prépare un nouveau vaccin contre la grippe samoyède qui commence à faire des ravages au Turkmenistan, au Kazakstan et en Russie.

Et puis, soudain, ce furent les informations de onze heures quinze. Entre deux relations des réunions politiques, mention fut faite de ce que les journaux du soir allaient appeler la catastrophe du mont Ventoux. Tous les passagers et le pilote avaient été carbonisés, sauf un diplomate étranger nommé « Mouchir Albator », qui avait pu sauter hors de l'appareil en flammes. Le rescapé se trouvait soigné à l'hôpital d'Avignon. Son état n'inspirait pas de très sérieuses inquiétudes. La direction de la Compagnie T.K.V.T. se disposait à demander une enquête sur la mécanique et, principalement, sur ce que l'on pourrait retrouver des pièces de la direction. L'avion était de provenance américaine. Une instance en justice était possible de ce côté-là.

J'appris une semaine plus tard que Méchir Alkator, dont le nom avait été diversement estropié dans tous les journaux, se disposait à regagner l'Asie Mineure, en bateau, non sans avoir déposé une plainte contre la Compagnie T.K.V.T.

Le procès traîne depuis plus d'un an. Alkator tient bon. S'il réussit à gagner son procès, la T.K.V.T. peut s'effondrer et je serai naturellement entraîné dans cet effondrement. Cela m'est égal. Tout m'est égal. Je peux devenir chiffonnier ou balayeur dans un ministère. Le principal est que ma chère Béatrice ne souffre pas et ne sache rien.

Que pourrait-elle savoir, d'ailleurs ? Elle ne connaît pas Mme Himer. J'ai fini par apprendre qu'Himer avait bien obtenu de M. Dikadour des promesses que ce dernier n'a pas tenues, qu'il ne tiendra pas, qu'il ne peut pas tenir sans offrir des armes à son adversaire Alkator. Mme Himer est une femme courageuse. Elle cherche un emploi. Je tâcherai de l'aider, sans qu'elle sache que je l'aide.

Voilà !

Quand je me regarde dans un miroir, j'aperçois maintenant un visage que je ne

connais pas. Il paraît que c'est un signe
de vieillesse. Cela m'est égal. Tout m'est
égal.

Irez-vous me dénoncer, monsieur mon
témoin ? Non. Pourquoi ? Par pitié ? Non
même, car vous ne sauriez que dire. Gar-
derez-vous le silence ? Oui, sans nul doute.
Et alors, vous êtes, vous aussi, complice
à quelque degré. Tous les hommes sont
complices de quelque chose.

Les prêtres qui reçoivent, en confession,
l'aveu d'un crime, ces prêtres ne disent
rien. Ils peuvent donner des conseils.
Mais ils se taisent, à la face du monde.
Ils sont complices, dans la mesure où
vous l'êtes, vous-même, qui m'avez écouté.

Complice de quoi ? Je ne peux même
pas le dire. Je ne sais plus.

Presque chaque soir, Béatrice me prend
la main et nous nous agenouillons aussitôt. Béatrice, qui devine tout, a compris
que j'allais succomber au désespoir. Alors
elle prie pour moi, devant moi, avec moi.
Nous avons le même Dieu, maintenant.
Elle me l'a fait comprendre. Elle a deux

âmes à sauver. Elle est si généreuse qu'elle peut réussir et me décider à l'espérance. Oui ! L'espérance quand même ! Une espérance désespérée, dit une voix au fond de mon être.

ACHEVÉ D'IMPRIMER
SUR LES PRESSES DES
IMPRIMERIES RÉUNIES
DE CHAMBÉRY
EN SEPTEMBRE MCMLVIII